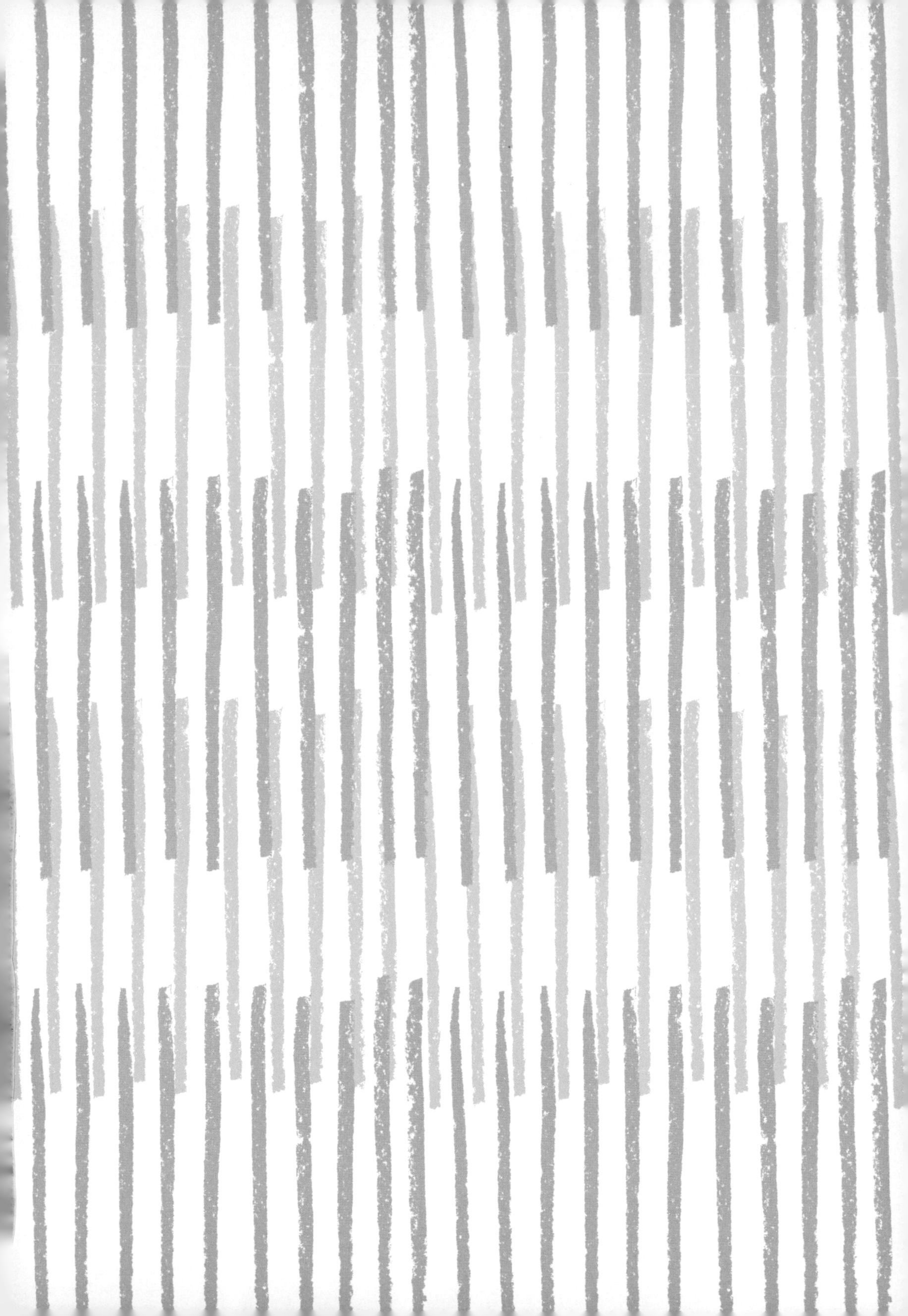

中國妖怪繪卷2

作者／張雲
繪圖／喵九

好讀出版

人之假造為「妖」，由人所化成，
或者是動物以人形呈現，像是狐妖、鹿妖等等。

統領篇

動物篇

物之性靈為「精」，由山石、植物等等所化，
成了千奇百樣超越當時人類理解的奇異事物。

植物篇。

萬物皆有靈，有其精魄，一盞燈、一塊玉，
甚至是一本書，都有它們的精彩神氣。

器物篇。

怪物篇

物之異常為「怪」，對於人來說，不熟悉、
平常生活中幾乎沒見過的反常事物，即所謂「非常則怪」。

打開一扇中國妖怪故事的繽紛之窗

妖怪和妖怪文化在中國源遠流長，是中華民族優秀傳統文化的重要組成部分。全世界很難找到一個國家像中國這樣，將關於妖怪的記載、想像形成一種深厚的文化現象，其延續時間之長、延伸範圍之廣、文學作品之多，舉世罕見。

妖怪和妖怪文化是中華文明的璀璨奇葩，值得我們一代代傳承下去。

那麼，什麼是妖怪呢？

我們的老祖先將妖怪定義為「反物為妖」「非常則怪」。簡單地說，生活中一些怪異、反常的事物和現象由於超越了當時人類的理解，無法解

釋清楚，就稱之為妖怪。

所以，所謂的妖怪指的是——根植於現實生活中，超出人們正常認知的奇異、怪誕的事物。

妖怪，包含妖、精、鬼、怪四大類。

妖——人之假造為妖，此類的共同特點是，人所化成，或者是動物以人形呈現，比如狐妖、落頭民等等。

精——物之性靈為精，山石、植物、動物（不以人的形象出現）、器物等所化，如山蜘蛛、罔象等等。

鬼——魂魄不散為鬼，以幽靈、魂魄、亡象出現，比如畫皮、銀倀等等。

怪——物之異常為怪，對於人來說不熟悉、不瞭解的事物，平常生活中幾乎沒見過的事物；或者見過同類的事物，但跟同類的事物有很大差別的，如天狗、巴蛇等等。

中國的妖怪、妖怪文化歷史悠久。有足夠的考古證據表明：早在石器時代，我們的老祖宗就開始對妖怪有了認知和創造。可以說，中國妖怪的歷史和中國人的歷史是一以貫之的，「萬年妖怪」之說一點兒都不為過。

從先秦時代，中國人就開始將妖怪和妖怪故事記錄在各種典籍裡，此後歷代產生了《白澤圖》《山海經》《搜神記》《夷堅志》《子不語》《聊齋志異》等無數的經典作品，使得很多妖怪家喻戶曉。

中國的妖怪和妖怪文化不僅深深影響了中國人，也傳播到周邊國家，深受異國友人的喜愛。比如，日本著名的妖怪研究學者水木茂稱：「如果要考證日本妖怪的起源，我相信至少有七成的原型來自中國。除此之外的兩成來自印度，剩下一成才是本土的妖怪。」由此可見，中國的妖怪和妖怪文化對日本的巨大影響。

由於種種原因，中國的妖怪和妖怪文化還沒有得到足夠的關注，很多人甚至將我們老祖宗創造的中國妖怪誤認為是日本妖怪，這是十分令人惋惜的。

筆者用十年時間，寫成《中國妖怪故事》（全集）一書，在深入研究中國傳統古籍，尤其是志怪的分類和定義的基礎上，釐清「妖怪」的內涵，從浩渺的歷代典籍中搜集、整理各種妖怪故事，重新加工，翻譯成白

話文，同時參考各種民間傳說、地方志等，並結合自己的研究，確保故事來源的可靠性與描寫的生動性。該書記錄一千零八十種中國妖怪，是目前為止華文世界收錄妖怪最多、最全，篇幅最長、條例最清楚的妖怪研究專著。

《中國妖怪故事》（全集）出版以來，回響強烈，深受讀者喜愛，這讓筆者感到既欣喜又惶恐。

將中國妖怪、妖怪文化發揚光大需要所有人的努力，中國的妖怪故事不僅妖怪的形象充滿想像力、故事情節生動，而且其中蘊含著許多為人處世的道理，值得珍惜和深入挖掘。

長久以來，中國妖怪的故事雖然豐富，但妖怪的圖像留存較少，甚為可惜。有鑑於此，我們精心選取一百個妖怪故事，將其分為動物、植物、器物和怪物四類，加以潤色加工，並嚴格按照典籍記載，為妖怪畫像，以期能為大眾及中國妖怪的愛好者們打開一扇親近中國妖怪故事的繽紛之窗，為中國妖怪和妖怪文化的普及和發展貢獻出棉薄之力。

《講了很久很久的中國妖怪故事》（《中國妖怪繪卷》原書名）推出

以來，廣受讀者好評。在此基礎上，我們將陸續推出系列作品，帶著這份熱忱和期待，繼續講好中國妖怪故事。

中國妖怪文化博大精深，源遠流長。我們的老祖宗創造了它們，它們的故鄉在中國，中國妖怪的故事我們祖祖輩輩都在講述，世世代代都在流傳。

那麼，請打開這本書，讓我們一起開啟精彩的認識妖怪之旅吧。

張雲

二〇二二年九月一日於北京搜神館

統領篇

白澤、方相氏在中國妖怪中的地位極為特殊。
白澤因遇黃帝而道出世間一萬多種妖怪之名，
世人方知之；方相氏為百妖之統領。
兩個妖怪，是所有妖怪的頭領。

01

白澤

傳說黃帝巡行天下，在海濱遇到了一隻異獸，名為白澤。它不僅能說話，而且向黃帝詳細介紹了天下鬼神之事，還將自古以來精氣為物、遊魂為變的一萬一千五百二十種妖怪的詳細情況告訴了黃帝。其中，不僅包括妖怪的名字，還有關於妖怪具體形象的描述，以及如何避免受到妖怪傷害的方法。黃帝命人將這些妖怪畫成圖冊，以示天下，並且親自寫文章祭祀它們。

黃帝令人繪製的圖冊便是《白澤圖》（又稱《白澤精怪圖》）。

那麼，白澤到底長什麼樣呢？關於白澤的形象，向來說法不一。《三才圖會》中，白澤是獅子身姿，頭有兩角，長著山羊鬍子。在日本的圖繪中，白澤的形象和《三才圖會》中的大致相像，唯脅下生有三隻眼睛。無

論形象如何，它都是妖怪世界中極為神秘的存在。

因為白澤不僅知道天下所有妖怪的名字和形象，而且知道驅除它們的方法。所以，打從很早的時候開始，它就被當成驅妖的祥瑞來供奉。人們將繪有白澤的圖畫掛在牆上或者貼在大門上以寄託美好願望，還有做「白澤枕」的習俗。軍隊中，「白澤旗」是常見的旗幟。到了中古時期，人們對白澤更加尊崇，《白澤圖》極為流行，人們一旦覺得自己遇到了妖怪，就會按照上面記載的方法加以驅除。

因為白澤，世人才得知天下妖怪的名字，所以白澤在妖怪中的地位極為特殊。

02

方相氏

嫫母是黃帝的一位妃子，容貌醜陋，唐代《琱玉集》〈醜人篇〉中對她的相貌有這樣的描述：「錘額，形粗色黑。」傳說嫫母的額頭如同紡錘，塌鼻緊蹙，體肥如箱，貌黑似漆，乃是「黃帝時極醜女也」。

嫫母雖相貌醜陋，但品德高尚。黃帝對她很是信任，將管理後宮的擔子交給了她。

後來，黃帝巡行天下時，元妃嫘祖病逝。黃帝便命令嫫母負責祀事，監護靈柩，並且授以方相氏的官位，利用她的相貌來驅邪。所謂的方相氏，便是畏怕之貌的意思。

上古以降，方相氏均為官方設立，是宮廷儺祭中最重要的角色。《周禮》〈夏官司馬第四．方相氏〉載：「方相氏掌蒙熊皮，黃金四目，玄衣朱裳，執戈揚盾，帥百隸而時儺，以索室驅疫。」

自上古到漢、唐，大儺綿延不絕。漢朝「儺者……季春行於國中、仲秋行於宮禁，惟季冬謂之大儺則通上下行之也」（見《大學衍義補》）。唐時大儺場面更加宏大。《樂府雜錄》載：「用方相四人，戴冠及面具，黃金為四目，衣熊裘，執戈揚盾，口作儺儺之聲，以逐疫也。右十二人，皆朱髮，衣白畫衣，各執麻鞭，辮麻為之，長數尺，振之聲甚厲。」

古人認為，季春的時候，世間凶氣催發，與民為厲，方相氏則為家家戶戶驅逐邪物。作亂人間的各種鬼怪見到方相氏凶威的面目，便會心生恐懼而逃走。戴著黃金面具，上生四目，披著熊皮，雙手各執戈、盾，領著象徵世間精怪的「百鬼」前行的方相氏，從上古的祭司逐漸演變成百姓心目中的「大妖怪」。

唐時，宮廷大儺傳入日本。方相氏前行、百鬼跟隨的場景，則被日本人演化成了「百鬼夜行」。

動物篇。

人之假造為「妖」，由人所化成，
或者是動物以人形呈現，像是狐妖、鹿妖等等。

03

阿紫

【出處】晉代干寶《搜神記》〈卷十八．山魅阿紫〉
唐代段成式《酉陽雜俎．前集》〈卷十五．諾皋記下〉等

古人認為，有種叫紫狐的狐妖，也稱為阿紫，夜間甩尾巴時能夠冒出火星。紫狐在將要成為妖怪時，會頭戴死人頭骨對著北斗七星叩頭。如果死人頭骨不掉下來，它就能變成人。

在狐妖中，阿紫法力強大，而且擅長幻化之術，經常迷惑或者戲弄凡人。

東漢建安年間，沛國郡人陳羨任西海都尉，他的手下有一個叫王靈孝的人，突然無緣無故就逃跑了，好不容易才把他抓回來。服役期間無故逃脫是重罪，陳羨正考慮要殺了他，結果這傢伙又逃跑了。陳羨很生氣，把王靈孝的妻子抓過來，關進牢房裡，嚴刑拷問。王靈孝的妻子禁受不住酷刑，告訴陳羨，王靈孝被妖怪帶走了。

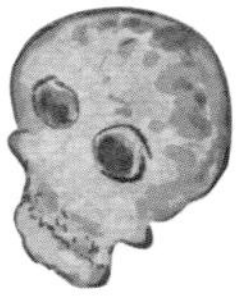

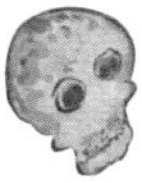

陳羨覺得事情不尋常，於是率領幾十名騎兵，領著獵狗，在城外四處尋找。最後他們在一座空空的墳墓裡發現了王靈孝。當時，王靈孝神情有些不對勁，恍恍惚惚的。在聽到人和狗的聲音時，他變得驚慌失措，四處躲避，模樣很奇怪。

陳羨沒有辦法，只得讓人把王靈孝扶回來，結果發現王靈孝的樣子變得很像狐狸。對於周圍原本熟悉的環境，王靈孝也很不適應，而且總是哭著喊著找阿紫。十幾天之後，他才漸漸清醒了些，回憶著說，有一天他在屋拐角的雞窩旁看到了一個美麗的女子，自稱阿紫，向他招手。如此不止一回兩回，他逐漸被迷惑了，跟著阿紫離開，並且成為阿紫的丈夫。和阿紫在一起，他覺得快樂無比。

唐代，有個叫劉元鼎的人做了蔡州（今湖北棗陽西南）刺史。當時蔡州剛剛收復，因為戰亂頻繁，人煙稀少，狐狸就特別多，經常出來為非作歹。作為地方長官，劉元鼎覺得這類事情會有不良影響，就派遣手下負責捕捉狐狸。手下們天天在球場一帶放出獵犬，追逐狐狸，一年殺了有一百

多隻。

有一次，劉元鼎碰到了一隻全身長滿疥瘡的狐狸，急忙命人放出五六隻獵犬。奇怪的是，這些平時遇到狐狸興奮異常、撕咬不止的獵犬，面對那隻狐狸，似乎極為忌憚，不敢上前，而狐狸也是淡定自若地不躲不跑。

劉元鼎覺得特別奇怪，認為一般的獵犬對付不了它，就命令人去找大將軍，將大將軍的那隻大獵犬帶來。那隻大獵犬不僅體形高大，而且遠比一般獵犬要凶猛。過了不久，手下帶來了那隻大獵犬，將牠放了出來。結果那隻狐狸連正眼都不看牠，在眾目睽睽之下，穿廊走巷，到城牆邊就消失不見了。

劉元鼎找到有道行的人詢問，得知自己碰到了傳說中的阿紫，從此便不再下令捕捉狐狸。

根據道教的說法，像阿紫這樣修行了得的狐妖，能夠自己操縱符籙，祈神免災，而且能夠洞察、通曉陰陽變化，本領高強。

04

蠶女

【出處】晉代干寶《搜神記》〈卷十四．馬皮蠶女〉
宋代李昉等《太平廣記》〈卷四百七十九．昆蟲七．蠶女〉（引《原化傳拾遺》）等

蠶女，又叫馬頭娘，關於她的傳說最初流行於四川廣漢一帶。據說，在上古高辛帝時代，四川那個地方還沒設立官長，沒有統一的首領。那裡往往一整個家族居住在一起，不同家族間經常發生衝突。

蠶女，不知道姓什麼，她的父親被鄰國搶走已經一年了，只有父親常騎的馬還在家中。蠶女想到父親遠在異鄉，很是難過，常常連飯也吃不下。她的母親為了安慰她，就向眾人立誓說：「有能把孩子父親找回來的，我就把這個女兒嫁給他。」不過人們只是聽聽，沒有人真的去找。

只有那匹馬在聽到蠶女母親的話後，驚喜跳躍，躁動不停，掙斷韁繩跑出去了。過了幾天，那匹馬將蠶女的父親馱了回來。從這天開始，馬就不斷地嘶叫，不肯吃草喝水。

蠶女的父親問起這事的原因，蠶女的母親就把向眾人立誓的事告訴了他。蠶女的父親說：「你是向人立誓，不是向馬立誓，哪有把人嫁給馬的呢？這匹馬能使我脫離災難，功勞也算很大，不過你立的誓言是不能在馬身上兌現的。」那匹馬聽後，用蹄刨地刨得更厲害了。對此，蠶女的父親很生氣，用箭射死了馬，並把馬皮放在院子裡晾曬。

一天，蠶女經過馬皮旁邊時，馬皮驟然立起來，捲起蠶女飛走了。過了十天，馬皮又停在桑樹上面，蠶女已變成了蠶，吃桑葉，吐絲做繭，讓人們拿來做衣被。

蠶女的父母非常悔恨，苦苦思念女兒。

忽然有一天，父母看見蠶女駕著雲彩，乘著那匹馬，帶著幾十名侍從從天而下。蠶女對父母說：「玉皇大帝因為我孝順獻身，並且心中不忘大義，所以授予了我九宮仙嬪的職位。從此我將永遠在天上生活，請父母不要再想念我了。」說完升空而去。

蠶女的家在今什邡、綿竹、德陽三地交界處。每年人們從四面八方聚集到這裡祈禱蠶繭能夠豐收。道觀佛寺中也都塑有女子的神像，身披馬皮，人們稱之為馬頭娘。

05

白鷺女

【出處】晉代陶潛《續搜神記》〈卷九．素衣女子〉
南北朝劉義慶《幽明錄》〈卷三〉

晉代建武年間，剡縣（今浙江嵊州）有個叫馮法的人外出做買賣。一天晚上，他把船停靠在荻塘裡，正準備睡覺，突然看見一個穿著喪服的女子，她皮膚白皙，身形矮小，請求搭船。

天色已晚，見對方是個孤單女子，馮法就答應了她。第二天早晨，馮法起得很早，正要划船出發，那女子說：「等一下，我上岸去取出門用的東西。」她離船後，馮法發現自己丟了一匹絹，正納悶時，那女子抱著兩捆草回來放在了船裡。

一路上，那女子下船十次，馮法則丟了十匹絹。思來想去，馮法懷疑應該是她在作怪。於是馮法趁著女子不注意，衝上前，用繩子捆住了她的兩隻腳。那女子苦苦哀求，並說：「你的絹在前面草叢中。」說完，身形便變成了一隻大白鷺。馮法取回了絹，殺了大白鷺，煮著吃了，味道並不太好。

錢塘（今浙江杭州）有個書生姓杜，有一天坐船外出，當時天下大雪並已到黃昏，人跡寥寥。書生寂寞無比，正無聊時，看見有個穿著白衣的女子走來，樣貌俊美，明眸善睞。書生很喜歡她，說：「你為什麼不進船艙裡來？」女子點了點頭，輕移蓮步上了船。兩人有說有笑，相處得很融洽，情投意合，書生便將女子帶走了。其後那女子變成一隻白鷺飛走了。書生懊惱無比，不久就病死了。

06

壁蝨

【出處】清代樂鈞《耳食錄二編》〈卷二．壁蝨〉

清代，有個女子夢到一個穿著黑色盔甲的人作祟。家裡人很擔心，問那個黑甲人從哪裡來，女子說從樓上來。女子所說的樓上指的是家裡的閣樓，已經很久沒人上去了。

第二天，大家去閣樓仔細搜索，發現櫃子裡有個東西，長得幾乎和櫃子一般大，走近一看原來是隻大壁蝨。眾人嚇了一跳，趕緊放火燒死了它，從此便沒有作祟的事情發生了。

也是在清代，有個人常居住在書齋裡，身形日漸枯瘦。家人懷疑事有蹊蹺。夜裡，等他睡著了，家人便取來蠟燭照看，只見一隻大如碗口的壁蝨趴在他的胸口上啃咬，小的壁蝨數以萬計，圍在他身周。一見到燈火，這些壁蝨便四散開來，鑽進了地基旁邊的洞穴裡。

家人見狀，挖開洞穴，用開水將這些壁蝨全都燙死，這個人很快就恢復了健康。

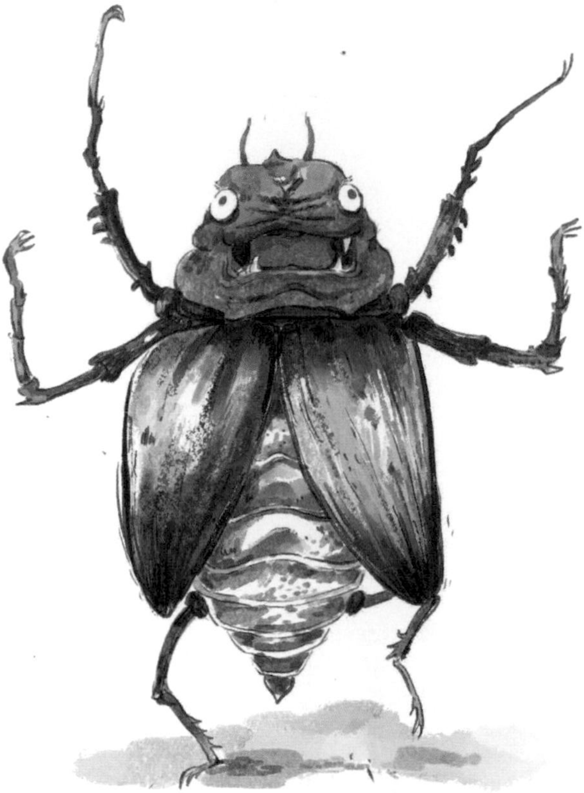

07

蜂翁

【出處】五代徐鉉《稽神錄》〈卷四．蜂餘〉

五代時期，廬陵（今江西吉安）有個書生去應試，有一天因為一心趕路，錯過了旅店。此時天色已晚，周圍又是荒山野嶺，沒有人煙。書生害怕遇到野獸、歹人害了自己性命，十分驚慌，氣喘吁吁趕了一段路，發現前面燈光閃爍，有一戶人家。書生大喜，快走幾步來到跟前。恰好有個老者從屋子裡出來，書生說明來意，請求在老者家裡借住一晚。

老者看了看書生，剛開始想拒絕，但見書生很可憐，就歎氣說：「不是我不願意，而是家裡房間太小，只能放下一張床。」書生說：「沒關係，只要有個能睡覺的地方就行了。」老者只好帶著書生進了屋。進屋之後，書生發現老者家裡有一百多間房間，不過就像老者所說，每間房間都很小，只能放下一張床。書生雖然很納悶，但想到今晚不必露宿野外，也就別無所求了。

過了一會兒，書生餓了，懇求老者幫忙弄點食物。老者說：「我家很窮，只有一些野菜。」說完，便出去準備了，不一會兒，給書生端上來一些吃的。書生吃了，覺得味道很鮮美，和一般的飯菜不太一樣。

吃飽喝足之後，書生累得不行，躺在床上很快就睡著了，不過耳邊一直有嗡嗡嗡的聲音響個不停，也不知道是何緣故。

第二天醒來，書生發現自己睡在田野裡，身邊有個大蜂巢，想一想昨晚的情景，這才恍然大悟。

書生原來有頭風的毛病，但自那以後就痊癒了，想必是因為吃了蜂翁給的東西吧。

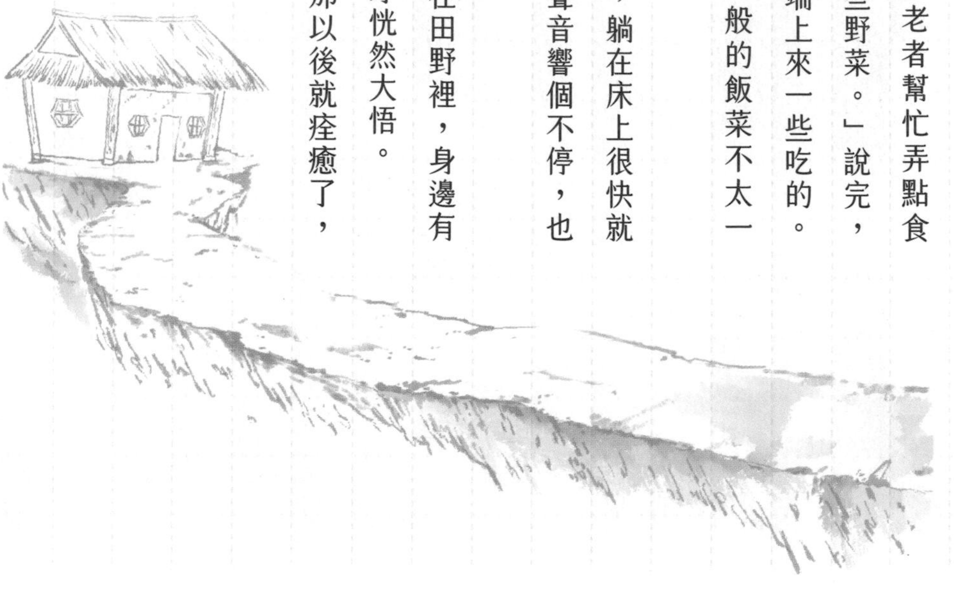

08 猴妖

【出處】宋代李昉等《太平廣記》〈卷四百四十四・畜獸十一・歐陽紇〉（引《續江氏傳》）
宋代周去非《嶺外代答》〈卷十・桂林猴妖〉

南北朝時期南朝梁大同年間，朝廷派遣平南將軍藺欽南征，攻打到桂林時獲得大勝。藺欽手底下有個別將叫歐陽紇，率領軍隊攻打到長樂，戰功赫赫。

歐陽紇的妻子皮膚白皙，長得十分美麗。部下對歐陽紇說：「將軍怎麼把如此麗人帶到這裡？這裡有怪物，經常偷竊女子，尤其是美麗的女子，沒有倖免的，你一定要小心。」歐陽紇既懷疑又害怕，便把妻子藏在密室裡，又派兵日夜守護。

一天黃昏，陰雨連綿，天昏地暗。到了五更，守衛覺得有東西鑽進了房間，趕緊去看，發現歐陽紇的妻子消失了。奇怪的是，房門和窗戶一直都是關著的。

歐陽紇聽聞這個噩耗，十分悲憤，帶領部下四處尋找。過了一個多月，有人在百里之外的山林中發現了歐陽紇妻子的一隻鞋。歐陽紇趕緊派了三十個強壯的士兵，帶著兵器，背著糧食，在群山中打探。又過了幾個月，他們來到二百里外的一座山前，這裡景色優美，流水飛濺。歐陽紇帶著士兵們攀岩而上，發現了一個石門，裡面有十幾個女子，穿著鮮豔的衣服，嬉笑玩耍。她們看到歐陽紇，問道：「你從哪裡來？」歐陽紇把妻子丟失的事情說了一遍，女子們歎息道：「你的妻子來這裡已經有幾個月了，現在臥病在床。」

歐陽紇走進去，看見裡面廳堂寬闊，妻子躺在一張石床上，面前擺設著美味佳餚。妻子也看見了歐陽紇，忙對他揮手，讓他趕緊離開。其他的女子對歐陽紇說：「這裡是妖怪的居所，它力氣大，能殺人，即便百餘個士兵也不是它的對手。我們和你的妻子都是被它奪來的。你暫且躲避一下，只需要給我們弄兩斛美酒、十幾隻狗的狗肉、十斤麻，我們就能想辦法和你一起殺了它。十日之後的正午，你再帶人來。」歐陽紇問她們怎

麼殺死那妖怪，一個女子說：「它喜歡喝酒吃肉，我們用美酒和狗肉招待它，等它醉了，我們用麻搓的繩子綁住它，你帶人來，就可以殺了它。記住，它全身堅硬如鐵，只有肚臍下幾寸的地方是它的弱點。」

歐陽紇趕緊回去準備東西，然後按期赴約。女子們將歐陽紇藏起來，正午時分，那妖怪果然來了。

只見這妖怪是一成年男子模樣，高六尺多，滿臉鬍子，穿著白衣，拿著手杖，摟著女子們，吃著狗肉，喝著美酒，十分愜意。女子們爭相灌它酒，然後扶著它走進了裡面的石室。過了一會兒，歐陽紇的妻子走出來，讓他趕緊進去。

歐陽紇拿著兵器進去，看見一隻大白猿被綁在床腳。歐陽紇亂刀砍下，但那妖怪全身堅硬，刀槍不入。歐陽紇想起之前女子們跟自己說的話，一刀刺進了它肚臍下幾寸的地方，頓時血流如注。妖怪長歎一聲，對歐陽紇說：「這是天要殺我，不是你。你的妻子已經有了身孕，還希望你不要殺孩子，孩子將來長大，會碰到聖明的皇帝，飛黃騰達。」說完，妖怪就死了。

歐陽紇從山洞裡搜出無數寶貝，還救了三十多個女子，勝利而歸。

過了一段時間，歐陽紇的妻子生下一個男孩，模樣和大白猿變成的那個男人很像。後來歐陽紇被陳武帝所殺。楊素和歐陽紇關係很好，歐陽紇死後，他收養了這個孩子。楊素日後成了隋朝的重臣，那孩子也跟著飛黃騰達，名噪一時。

09

姑獲鳥

【出處】

戰國《周禮》〈秋官司寇第五〉
晉代郭璞《玄中記》
南北朝宗懍《荊楚歲時記》
唐代段成式《酉陽雜俎．前集》〈卷十六．廣動植之一〉（引《白澤圖》）
唐代劉恂《嶺表錄異》〈卷中〉
宋代周密《齊東野語》〈卷十九〉
明代李時珍《本草綱目》〈禽部〉

姑獲鳥是中國古代非常著名的妖怪之一，又叫夜行遊女、天地女、釣星、鬼車鳥、九頭鳥、蒼鸆、逆鶬等名。

傳說姑獲鳥能收人魂魄，晝伏夜飛，化身為鳥的時候，身大如簸箕，九個腦袋，十八隻翅膀。原本姑獲鳥有十個腦袋，其中一個被天狗吃掉了，所以它飛過的地方經常會滴下鮮血，而沾染上姑獲鳥血的人家就會發生災禍。

七八月時，尤其是陰晦的天氣，姑獲鳥會嗚咽著飛出，它脫掉羽毛落下來，就會變成女人。也有傳說稱，姑獲鳥是產婦死後所化，所以喜歡偷取百姓家的孩子作為自己的孩子。凡是有幼兒的人家，晚上院子裡不能晾小孩的衣物，否則姑獲鳥會用滴下來的鮮血先做好記號，然後化身成女子前來行竊。

傳說姑獲鳥只有雌鳥，沒有雄鳥。它還有一個習慣，就是吃人的指甲，被吃了指甲的人同樣會得病或發生災禍。

10

鵠女

【出處】南北朝劉義慶《幽明錄》〈卷三〉
南北朝任昉《述異記》〈卷下〉

古代稱天鵝為鵠。傳說天鵝出生一百年後，毛色會變為紅色，五百年後變成黃色，再過五百年變成灰白色，再過五百年變成白色，天鵝的壽命可以達到三千年。

晉安帝元興年間，有一個人品行很端正，但因為家境貧寒，二十多歲還沒結婚。家人和朋友都為他著急，可他卻不以為意。

一天，他去田裡做活，看見一個很美麗的女子。女子對他說：「聽說你是柳下惠那樣的人，但不懂兩情相悅的快樂，還真可惜呀！」說著女子唱起歌來。聽了這話，他便稍微有點兒動心了。

後來，他又遇到了這個女子，就問女子的姓名。女子說：「我姓蘇名瓊，家就在路邊。」那女子不僅長得美麗，而且善解人意，他很喜歡，就把女子帶回家，娶為妻子。兩個人郎情妾意，相處得很融洽，十分令人羨慕。

後來，這人的堂弟聽說了這件事，覺得那女子不對勁，就來到這人家裡，趁女子不注意，揮舞著木杖打了過去。沒想到，那女子變成一隻白色的雌天鵝，飛走了。

11

金華貓

【出處】清代褚人獲《堅瓠集．秘集》〈卷一．金華貓精〉

浙江金華這地方，有的貓養了三年後，每到中宵，就蹲踞在屋頂上，張嘴對著月亮，吸取月亮的精華，久而久之就變成了妖怪。它們總出來魅惑人，遇到女子就變美男，遇到男子就變美女。

每次到人家中，金華貓都會先在水中撒尿，人喝了這種水，就看不到它了，時間長了人就會生病。懷疑家裡有金華貓的，可以在夜裡用青色衣服蓋在病人身上，第二天查看，若是有毛，就證明貓妖來過。

若想制服貓妖，可以暗地裡約獵人來，牽上幾隻狗，到家裡來捕捉，烤它的肉餵給病人吃，病人就會痊癒。如果男子病了捕到的卻是雄貓，女子病了捕到的卻是雌貓，病就治不好了。

據說，有一個清苦的儒學先生，姓張，有個女兒年滿十八歲，被貓妖侵犯，頭髮都掉光了，後來抓住了作祟的雄貓，病才好。

12

狸妖

【出處】晉代干寶《搜神記》〈卷十八．吳興老狸〉
南北朝劉敬叔《異苑》〈卷八〉
唐代釋道世《法苑珠林》〈卷三十一〉
唐代張讀《宣室志》
清代袁枚《子不語》等

狸，也稱狸子、狸貓、山貓。在中國妖怪中，狸妖因擅長變化而聞名。晉朝時，在吳興（今浙江湖州）有一對兄弟，他們在田間幹活時，父親經常出現，還打罵他們。兩個人受不了，便把這件事情告訴母親。母親詢問父親，父親大為吃驚，知道是妖怪所為，就告訴兒子們，如果下次再看到對方偽裝成自己，就殺了它。

第二天，這對兄弟在田間繼續做活，那妖怪卻並沒有出現。父親在家中坐立不安，擔心兒子們被妖怪耍弄，就前往田裡查看。不料兄弟倆以為來的是妖怪，就殺掉父親，埋了起來。至於那妖怪，早已變成了父親的容貌，悄悄來到家裡。

兄弟倆傍晚回來，一家人為殺了「妖怪」慶賀，然後過了一段平靜日子。多年後，一個修行的法師路過，告訴這對兄弟：「你們的父親身上有股極大的邪氣。」他們把這話告訴「父親」，「父親」大怒。說話時，法師闖入家門施法，「父親」變成一隻老狸，逃進了床底下。兄弟倆把它殺了，這才知道多年前殺掉的那個「妖怪」，其實才是真正的父親。安葬父親之後，一個兒子自殺了，另一個兒子鬱鬱寡歡，很快也棄世了。

也是在晉朝，有一個人的母親亡故了，因為家裡貧窮無法安葬，他就將母親的棺槨放置在深山裡，並在母親棺槨旁搭建茅舍守護，自己則以製作草鞋為生。

一天快到傍晚，有個婦人抱著孩子前來寄宿，孝子見其可憐，就收留了她。到了晚上，孝子正在打草鞋，婦人走過來，在火堆邊睡著了，變成了一隻老狸，懷裡的孩子則是一隻烏雞。孝子殺了它們，扔到了屋後的大坑裡。

第二天，有個男人找上門，詢問自己妻子和孩子的下落。孝子說：「你的妻子不是人，是隻老狸，我已經把它殺了。」男子說：「你無緣無故把我妻子殺了，竟然還誣衊她是狸妖變的！我問你，如果她是狸，屍體呢？」

孝子拉著他來到大坑旁，卻見那隻死掉的母狸，竟又變成昨日的婦人模樣。那個男人扭送著孝子來到官衙，請縣令為他做主。縣令將事情詳細詢問了一番，因無從判斷很是為難。這時，有人出了一個主意：「狸妖怕獵狗，只要放出獵狗就知道了！」於是，縣令叫人放出了獵狗，那個男人嚇得渾身打顫，倒在地上變成一隻老狸，縣令叫人射死了它。至於那個婦人的屍體，則又變成了狸屍。

東晉烏傷縣（今浙江金華義烏）有個人叫孫乞，上級命他出公差，送一封文書到郡裡。當他走到石亭這個地方時，天色昏暗，而且下起大雨來。大雨中，孫乞看到一個女子，舉著一把青傘翩翩而來。女子年紀有十六七歲，穿著一身紫色衣裳，美若天仙。孫乞很喜歡對方，正想上前打個招呼，突然一道閃電劃破蒼穹，借著閃電的光芒，孫乞才發現那根本不是一個女子，而是一隻大狸貓，手裡拿的傘是一柄荷葉。孫乞於是抽出刀，殺了它。

13

雞妖

【出處】南北朝劉義慶《幽明錄》〈卷三〉
唐代張鷟《朝野僉載》〈卷四〉
清代和邦額《夜譚隨錄》〈卷二．張老嘴〉

南北朝時，代郡（郡治在今河北蔚縣代王城遺址）某地有個亭子，經常出現妖怪。有個身形壯碩且十分英勇的書生，想在亭子裡住宿，管理亭子的小吏告訴書生這裡鬧妖怪，勸他不要住在這裡。書生說：「放心吧，我對付得了。」

到了晚上，吃飽喝足之後，書生在前廳坐著。突然出現了一隻手，拿著一只笛子。書生知道是妖怪出來了，笑道：「你只有一隻手，沒法按住所有的笛孔，還是我吹給你聽吧！」妖怪說：「你以為我手指頭少嗎？」言罷，伸出手，幾十根手指頭冒了出來。書生冷笑一聲拔出劍砍了過去，發現對方竟然是隻老公雞。

南北朝時，臨淮（今安徽鳳陽縣臨淮關鎮）有個叫朱綜的人，母親去世了，他長期住在墓地為母親守喪。有一天，朱綜聽說妻子病了，便回去看望她。妻子說：「守喪是大事，不要經常回來了。」朱綜很奇怪，說：「自從母親去世，我在墓地，很少回來呀。」妻子也奇怪，說：「不對呀，你經常回來。」朱綜知道是妖魅作怪，就命令妻子的婢女等到「他」下次再來時，立即關上門窗捉拿。

等到那裝扮成他的妖怪來了，朱綜立刻前去捉拿。這個妖怪變成了一隻白色的公雞，原來是自己家養了很多年的一隻老公雞。朱綜殺了這隻公雞，以後再也沒有怪事發生了。

唐代一個叫衛鎬的人當縣令時下鄉視察，到了里正王幸在的家中。衛鎬打了個盹，夢中有一個穿黑衣服的婦人領著十多個穿黃色衣裳的小孩，請求他饒命，並連連給衛鎬磕頭，過一會兒又來一次。衛鎬睡醒後心中煩躁，就催著王幸在快點兒吃飯。與衛鎬關係很好的人報告說，王幸在家貧，沒有什麼菜，養了一隻黑母雞正在孵蛋，已經十多天了，王幸在想把這隻雞殺了。衛鎬這才明白，夢中的黑衣婦人就是這隻黑母雞，於是告訴王幸在不要殺這隻黑母雞。這天夜裡，衛鎬又做了一個夢，黑母雞向他道

謝，然後高高興興地走了。

清代有個姓張的千總，因為嘴特別大，所以大家都叫他張老嘴。有天晚上，張老嘴到一個朋友家吃飯，喝酒喝到二更，提著燈籠去上廁所，見一個人赤身躺在角門下面，臉有一尺多寬，嘴角一直延伸到耳朵下面，正在呼呼大睡。張老嘴抬腳就踢，那人變成了一隻黑色大公雞，繞牆而走，咯咯直叫。張老嘴抓住這隻雞妖，煮熟下了酒，味道不錯。

14

僧蠅

【出處】唐代釋道世《法苑珠林》〈卷七十〉（引《冥報拾遺》）

唐朝時，齊州（今山東濟南）有個人叫杜通達。貞觀年間，縣裡接到命令讓杜通達送一個僧人到北方去。

杜通達見這個僧人有個箱子，心想其中一定裝著貴重的物品，就與妻子商量計策打死僧人取財。不料僧人竟然沒死，只聽他念了兩三句咒語，然後就有隻蒼蠅飛到杜通達鼻子裡，悶在裡面很長時間也不出來。杜通達的眼鼻立刻就歪斜了，眉毛和頭髮也隨即脫落。他迷迷糊糊不知道怎麼走路，精神不振，得了惡病，不到一年就死了。臨死的時候，那蒼蠅飛出來，飛進他妻子鼻子裡。妻子隨即得了病，一年多後也死了。

也是在唐代，河間（今河北滄州）有個人叫邢文宗，性情粗暴陰險。貞觀年間，他忽然患了惡風病，十多天內，眉毛和頭髮都落光了。他就到寺廟裡懺悔，說十有八九是因為自己早年做了一件壞事，所以才有了如今的報應。

他說，前幾年，有一次和一個老僧一道去幽州，在路上遇到一個人，這人帶著十匹絹，自己就殺了這個人，將那些絹據為己有。幹完這件事後，他害怕和自己同行的老僧將這件事情告訴別人，拿起刀要殺老僧，老僧磕頭說：「求你保我性命，我發誓終身不對別人說。」他根本不相信，舉起刀仍將老僧殺了，還把屍體棄置於荒草。

到幽州之後，邢文宗賣了那十匹絹，得到一大筆錢，辦完事情之後，原路回家。恰巧經過老僧被害之地，當時正是暑天，他料想屍體應該早就腐爛了，想去看一下，結果發現老僧屍體一點兒都沒腐爛，栩栩如生。邢文宗十分生氣，就用馬鞭桿捅老僧屍體，忽然有一隻蒼蠅從已死的老僧嘴裡飛出來，鑽到他鼻子裡，悶在裡面很長時間也不出來。

邢文宗說自己得的這病，肯定是因為老僧變成那隻蒼蠅來索命，故而在寺廟裡痛哭流涕，懺悔不已。不過不管做什麼沒救了，過了一年多，他便病發身亡。

15

鹿娘

【出處】唐代鄭常《洽聞記》

南北朝時，常州江陰縣（今江蘇江陰市）東北有座石筏山。有個樵夫到山裡砍柴，看見有隻母鹿在生崽，又聽到小孩的啼哭聲。樵夫覺得奇怪：荒山野嶺，怎麼會有孩子的啼哭聲呢？他走過去，發現那隻母鹿竟然產下一個女嬰。樵夫心地善良，把女嬰抱回家中收養了。等女孩長大，樵夫讓她出了家，當時人都稱其為「鹿娘」。

梁武帝聽說了這件事，特地為她修建了一座道觀，取名為聖觀。

16

槃瓠

【出處】晉代郭璞《玄中記》〈狗封氏者〉
南北朝范曄《後漢書》〈卷一百一十六．南蠻西南夷列傳第七十六〉

上古時期，高辛氏有個女兒十分漂亮，還沒有嫁人。當時犬戎作亂，高辛氏就許下諾言，誰能平定叛亂，就將這個女兒嫁給他。

高辛氏有隻狗，名為槃瓠，聽到這個消息後狂奔而出，三個月時間便殺了犬戎，叼著罪人的腦袋回來了。高辛氏認為不能失信於民，就將女兒嫁給了這隻狗。

高辛氏在距離會稽（今浙江紹興）東南方向兩萬一千里的海中尋到一個地方，將方圓三千里賜給了女兒和這隻狗。

這對夫妻生下的男孩是狗，生下的女孩則是美女，因此這個國家的名字就叫狗民國。

17

貓犬

【出處】清代樂鈞《耳食錄二編》〈卷七・貓犬〉

清代康熙年間，北京大興縣（今大興區）有個老太太信佛，佛堂裡供著一盞佛燈。

一天傍晚，老太太聽到佛堂裡傳來細微的聲響，覺得奇怪，就扒著門縫往裡看。只見裡頭一隻黃狗如同人一樣站著，伸出兩隻前爪抓住桌邊，身上有一隻貓，貓也直立，正在偷喝佛燈裡面的燈油。貓和狗，都是家裡養的。

貓吸了油，再低頭吐到狗嘴裡，如是再三。過了一會兒，狗催促道：「動作快！老太太馬上就來了！」老太太很吃驚，推門而入，狗和貓飛奔而出，家裡人四處尋找也沒找到。

第二天夜裡，老太太聽到院子裡有聲音，起來查看，看見那隻貓坐在

狗背上，狗匍匐而行。老太太喊了一聲，狗和貓都消失了。

晚上，老太太夢見一名黃衣男子和一名白衣女子前來，對她說：「我們在主人家很久了，你豢養我們的大恩大德不知道怎麼回報。現在你發現了，我們已不能續留，就此作別吧！」兩人說完對著老太太跪拜，轉身又變成了狗和貓。貓跳到狗身上，騎著狗就此離去。

18

皮羽女

【出處】晉代干寶《搜神記》〈卷十四．羽衣人〉
南北朝蕭子開《建安記》〈烏君山〉

晉代豫章郡新喻縣（今江西新余）有個男子看見田野中有六七個女子，全都穿著羽毛做的衣服。他匍匐著靠近她們，拿到其中一個女子脫下的羽衣藏了起來。

過了一會兒，其他女子都穿上羽衣飛走了，只有一個因為沒有羽衣，不能飛走。他就娶了這個女子做妻子，生了三個女兒。

等女兒們長大了，母親叫女兒們問父親，知道了自己的羽衣藏在稻穀下面，便取出穿在身上，飛走了。後來，她又拿來羽衣接上三個女兒，一起飛走了。

烏君山是建安縣（今福建建甌市內）的一座名山，在縣城西面一百里處。

有個道士叫徐仲山，從少年時代起就追求得道成仙之法，並且非常專心致志，生活儉樸，堅守節操，時間越長越堅定。有一次，徐仲山在山路上行走，遇上了大暴雨，不久即迷了路。忽然，借著閃電，他看見一處住宅，就走過去想避避雨。

到了門前，徐仲山看見一個身穿華麗衣服的人。那人自稱是監門官蕭衡，真誠地邀請他進宅。徐仲山問：「從有了這個山鄉開始，我還從未看見過有這麼一處住宅。」那人說：「這裡是神仙的住處，我就是監門官。」不久，有一個女郎，梳著一對環形的髮髻，穿著帶有青色花紋的綢衫、紫紅色的裙子，左手拿著金柄牛尾拂塵，走過來問：「監門官在外面與什麼人談話，怎麼不報告呢？」蕭衡回答說：「來人是這個鄉的道士徐仲山。」不一會兒，那女郎又招呼說：「仙官請徐仲山進去。」

女郎領著徐仲山從走廊進去，到了堂屋南側的小庭院，其中有一個男子，五十多歲，身上的皮膚、鬍鬚和頭髮全是白色的，戴著紗巾圍成的帽子，身披繡著銀色花紋的白綢布披肩。這男子對徐仲山說：「我知道你誠心修煉了很多年，是個超越凡俗之人。我有個小女兒熟悉修道之法，可與你結

為夫妻，今天正是好時辰。」徐仲山欣然應允，走下台階拜謝，又請求拜見老夫人。男子阻止他說：「我喪妻已七年。我有九個孩子，三個兒子、六個女兒。做你妻子的，是我最小的女兒。」

婚禮結束後第三天，徐仲山參觀住宅，走到一座棚屋前，看見竹竿上懸掛著十四件皮羽衣，一件是翠碧鳥的皮羽衣，其餘全是烏鴉的皮羽衣。烏鴉皮羽衣中，有一件是白烏鴉的皮羽衣。他又到西南面去看，有一座棚屋，衣竿上有四十九件皮羽衣，全是鵂鶹鳥的皮羽衣。

徐仲山覺得這事很怪異，悻悻然回到自己的居室中。妻子見到，問他：「你剛才出去走一趟看見了什麼，竟讓你情緒如此低落？」徐仲山沒有回答。妻子又說：「神仙能夠輕飄飄地升到天上去，全都是憑藉翅膀的作用，否則又怎能夠在片刻之間就到萬里之外呢？」徐仲山問道：「白烏鴉皮羽衣是誰的？」妻子回答：「那是父親的皮羽衣。」他又問：「翠碧鳥皮羽衣是誰的？」妻子回答：「那是經常派去通話領路的女僕的皮羽衣。」他又問其餘的烏鴉皮羽衣是誰的，妻子回答：「是我兄弟姐妹的皮羽衣。」他又問鵂鶹皮羽衣是誰的，妻子回答：「是負責打更和巡夜的人的皮羽衣，就是監門官蕭衡一類人的……」

妻子的話還沒說完，整座宅院的人忽然都驚慌失措起來。徐仲山問是什麼原因，妻子對他說：「村裡的人準備打獵，放火燒山。」不一會兒，大家都說：「沒來得及給徐郎製作一件皮羽衣，今日分別，就當此前是萍水相逢一場吧。」然後眾人都取來皮羽衣，四散飛去。眼前的一片房屋，也都不見了。

從此以後，那個地方就叫烏君山。

19

鱔妖

【出處】清代董含《三岡識略》〈卷二．補遺．鱔怪〉

清代的潤州（今江蘇鎮江）風景優美，河道縱橫，是有名的江南魚米之鄉。

有個打漁的人，晚上在江邊停船休息，看見一個黃衣女子，年紀十三四歲，頭上紮著雙髻，從蘆葦蕩裡出來，向人乞求食物，吃完就離開了。連續多天，每天晚上都這樣。

打漁的人覺得很奇怪，就悄悄跟蹤，發現那女子變成了一條長五尺多的黃鱔，全身金黃，雙目赤紅，頭上長著肉角。她發現打漁的人跟蹤自己，馬上跳入江裡消失了。

20

瘦腰郎君

【出處】元代林坤《誠齋雜記》〈卷上・桃源女子〉

元代桃源這個地方有個女子名叫吳寸趾，乃是大家閨秀，生得花容月貌。當地很多年輕人都喜歡她，前來提親的人絡繹不絕。

有段時間，吳寸趾總是夢見一個書生。在夢裡，二人情投意合，山盟海誓，恩愛無比，問他的姓名，書生總說：「我是瘦腰郎君。」

吳寸趾最初以為是自己做夢而已。但有一個白天，那書生真的出現了，兩個人說說笑笑一番後，書生出門離開，變成蜜蜂飛入了花叢中。

吳寸趾小心撿起那隻蜜蜂，收養了它。之後，它引來很多蜜蜂到吳寸趾家中，吳家也因為出售蜂蜜變得更富裕。

21

天女

【出處】宋代《採蘭雜志》〈天女〉
明代陳繼儒《珍珠船》〈卷一〉

傳說從前有燕子飛入百姓家中，變成一個女子，高只有三寸，自稱天女，能夠預知吉凶，所以大家都把燕子稱呼為天女。

明代有個叫程迥的人，有一天，有隻燕子飛入他家裡，直直落在堂前牆上，幻化成一個美麗的女子，僅高五六寸，但是四肢、五官和人一模一樣，身上的衣服也十分華麗，見到人也不害怕。她小聲說：「我乃玉真娘子，偶然來到這裡，不是作祟，如果你們能供奉我，我會給你們帶來好運。」程家人相信了她，就以香火供奉。

這位天女能夠預言凶吉，十分靈驗。很多人都去程家觀看，程家因此得了很多錢財。

第二年，不知道為何，那名天女就突然飛走了。

天女

22

青衣蚱蜢

【出處】宋代李昉等《太平廣記》〈卷四百七十三．昆蟲一．蚱蜢〉（引《續異記》）

徐邈，晉孝武帝時為中書侍郎，溫文爾雅，大家都很尊敬他。按照慣例，徐邈所在的官署需要有人按時值班。每當徐邈在官署值班時，明明只有他一個人在屋裡，下屬們卻經常聽到他與人說話，而且言談甚歡。時間久了，大家都覺得很奇怪。

徐邈過去的一個門生，一天晚上偷偷去觀察，可什麼也沒看到。天色微有光亮時門生忽然看到一個怪物從屏風後面飛出來，一直飛進院子裡的一口大鐵鍋旁。門生追過去一看，發現大鍋旁邊的菖蒲根下，有一隻很大的青蚱蜢。門生懷疑就是此物作怪，就摘掉了它的兩隻翅膀。

到了夜晚，蚱蜢托夢給徐邈，說：「我被你的門生困住了，往來之路已經斷絕。我們相距雖然很近，然而卻有如山河相隔。」

從夢中醒來，徐邈十分傷心。門生見徐邈這副樣子，就旁敲側擊地詢問原因。徐邈說：「我剛來官署時，看見一個青衣女子，頭上還綰著兩個髮髻，頗有姿色。我很喜愛她，一直沉溺在情愛之中，也不知道她是從何處來到這裡的。」門生聽了這話，十分害怕，就把這件事情的來龍去脈告訴了徐邈，而且從此之後再也不傷害蚱蜢了。

23

蜈蚣

【出處】清代解鑒《益智錄》〈卷二．蜈蚣〉
清代董含《三岡識略》〈卷二．補遺．蜈蚣〉

章邑（今山東章丘）地方有個甲某，對母親十分孝順，但家裡很貧窮。甲某身體健壯，每天砍柴挑著去集市上賣，用賣來的錢贍養母親。

一天，在挑著柴火回來的路上，他看見前面有個女子，以為是尋常行路的人，就大步超過了她。突然，女子叫了甲某一聲，向他問路。甲某轉過身，發現這個女子長得很漂亮，一時間有些心神蕩漾。女子也是眉目傳情，惹得甲某心猿意馬。女子問一個地方，說從這裡往前走，能到嗎？甲某說那地方有些遠，天黑之前恐怕到不了。

女子說：「那我就在前面的村子借宿吧。」甲某轉身就要走，女子又問：「你家有空房間嗎？」

甲某說：「有是有，可我家有老母親在，借宿這種事情我不能自己決定，得問她，老人家同意了才行。」女子就說：「那你先去稟告母親，我跟著就去，如何？」

甲某答應了，回家將此事告訴母親。母親覺得人家是個女子，出門在外，能幫就幫，便答應了。

過了一會兒，女子來了，母親將她安置在空房間裡。母親看這個女子長得漂亮，和甲某說話一點兒也不害羞，就覺得有些奇怪，便將甲某叫到自己臥室裡，說：「自古女子要賢良淑德才行，我看她言談舉止一點兒都不矜持，怕不是什麼好人家，你不要和她多說話。」

甲某點頭答應。從母親房裡出來，正好碰見女子，女子見甲某母親不在跟前，就問他的房間在哪兒。甲某不吭聲，女子狠狠地瞪了他一眼，表情很讓人害怕。甲某趕緊說：「我和母親各住一間房。」女子說：「你晚上不要插上門閂，我過去。」甲某答應了。

甲某的母親持家甚嚴，要求甲某晚上一定要把門窗關好才能睡覺。到了晚上，甲某按照母親交代關好門窗。三更時，女子果然來了，站在窗戶

旁邊，輕輕敲窗，叫甲某開門。甲某思量再三，還是開了門，發現門外不是女子，而是一個怪物，長得如同布袋，分不出腦袋和腳。幸好身旁有砍柴的巨斧，甲某拿起來就砍，那怪物慘叫一聲而去。

點起火把後，甲某發現那怪物被砍下來的東西是個下顎，大如蒲扇。等到白天，甲某順著血跡尋找，來到一座山下，看見一個石洞跟前，有隻蜈蚣扭曲在地，有一丈多長，粗如碗口，還沒有死。甲某舉起斧頭接連幾下將其砍死。

這個石洞，甲某砍柴的時候經常經過，之前見洞口好像有巨物出入的痕跡，害怕裡面的東西出來作祟，就用石頭堵住了，想不到其中竟然是這隻蜈蚣。

清代，南塘張氏的墓地旁林木蔥蔥鬱鬱，古樹很多，林中有兩隻蜈蚣，都有一丈多長，腳也都有好幾寸長，夏夜懸掛在樹上，吸取月華修行，遠遠看去就像長長的絲綢掛在樹間一般。

24

蠐螬

【出處】宋代李昉等《太平廣記》〈卷四百七十七．昆蟲五．張景〉（引《宣室志》）

唐代，平陽（今山西臨汾市）有個人叫張景，因擅長射箭做了州郡的副將。張景有個女兒，十六七歲，非常聰明。

一天晚上，張女一人在屋裡剛剛睡下，忽然聽見有人敲她的門，不一會兒就有一個人走了進來。那人穿著白衣，臉大而胖，把身體斜倚在張女床邊，神態浮誇。張女以為對方是強盜，默默地不敢轉頭看。白衣人又上前嬉皮笑臉，張女更加害怕，就斥責他：「你是不是強盜？若不是的話，就不是凡人。」白衣人笑道：「你說我是強盜，已經錯了，還說我不是凡人，那就更過分了。我本是齊國曹姓人家的兒子，大家都說我儀表堂堂，你竟然不知道？今晚，我就住在你這裡吧。」說完，便仰臥在床上睡了，將近天亮才走。

第二天晚上，白衣人又來了，張女更加害怕。第三天，張女把情況告訴了父親張景。張景說：「這一定是個妖怪！」於是，張景拿來一個金錐，在錐的一頭穿上紅線，並把錐尖磨得很鋒利，把它交給了女兒。「妖怪再來，用這個在它身上做標記。」張景說。

當天晚上，妖怪果然來了。張女裝出很熱情的樣子，和妖怪聊天，把對方哄得很高興。快到半夜時，張女偷偷地把金錐插入妖怪脖子中。那妖怪大叫著跳起來，拖著線逃走了。

張景帶著張女和僕人循線找到了一棵古樹下面，看到一個洞，線一直延伸下去。張景沿著線往下挖，挖了數尺，發現有一隻大蠐螬蹲在那裡，金錐就在它的脖子上。蠐螬，「齊國曹姓人家的兒子」，應該就是那個白衣男人了。

張景當即殺死了這個妖怪。從此以後，再也沒有什麼怪事發生。

25

蝟妖

【出處】

宋代李昉等《太平廣記》〈卷四百四十二．畜獸九．蝟〉（引《廣古今五行記》）
清代和邦額《夜譚隨錄》〈卷一．蝟精〉

南北朝時，四川有個叫費秘的人到田間割麥子，遇到暴風雨，不得不在一塊岩石下避雨。風停雨歇，費秘從岩石下出來回家。在離家幾里的路上，忽然看到遠遠地走來十幾個女子，都穿著紅色、紫色的衣服，一邊走一邊唱著歌，歌聲婉轉。

費秘覺得很奇怪，荒郊野嶺怎麼會有如此打扮的女子呢？這些女子也發現了費秘，她們越走越近，歌聲卻越來越小，等到距費秘十幾步的時候，她們背對著費秘站立。

費秘平時是個好奇心極強的人，趕緊跑到對面去，想看清這些女子到底是什麼來頭，結果發現她們的頭上沒有耳朵、眉毛、鼻子、嘴巴，只有長長的黑色毛髮！費秘嚇得驚叫一聲，昏倒在地，人事不省。

到了晚上，費秘的父親見三更半夜兒子還沒有回來，就舉著火把去找，結果看見費秘躺在道路上，旁邊聚集著十幾隻刺蝟。看到火光，刺蝟爭相逃竄。費秘回到家裡，不久就死掉了。

清代時，某地麥子即將成熟，為了防止有人偷割，農民們在田間搭了蘆棚，讓家裡人晚上住在裡面。

有個年輕人，姓余，年齡比其他的同伴都要大，獨自一人住在自家蘆棚裡，沒過多久便日漸消瘦。父親和兄長都覺得奇怪，問他原因，他也不說。於是，余某的父親就囑咐和余某一起照看麥子的那些同伴偷偷觀察，看看到底出了什麼事。

這天黃昏時，余某的同伴在田壟上玩耍，看到一個長相醜陋的女人走進余某的蘆棚，便趕緊告訴了他的家人。

余某的家人拿著鋤頭到了蘆棚處，恰巧看到那個女人出來往西去了。她長著巨大的嘴和眼睛，樣貌恐怖，邁著小碎步，慌慌張張。

余家人追了兩里多，女人倉皇逃入亂草中消失了。眾人沿著她留下的痕跡趕緊尋找，發現一個洞，大如屋子，裡面黑乎乎的，不知道有多深。

大家圍坐在一起，你一言我一語商量該怎麼辦，最後決定在洞口堆積枯枝敗葉，點火用煙燻。沒多久時間，突然見一物冒著煙竄出來。大家嚇得要命，驚叫躲開。只見那東西勉勉強強往前走了十幾步，一頭栽倒在地，再也不動彈。

大家小心翼翼地圍過去，發現是一隻死刺蝟。剝下來的皮有半畝地那麼大，有好幾寸厚，皮上的刺有兩尺多長，殷紅無比。大家分了牠的肉，各自回家。所有人都很高興，只有那個姓余的年輕人獨自哭泣，說大家殺了他心愛的人。

自那件事之後，村子裡再也沒有怪事發生。有的人家至今還藏著那隻刺蝟的皮，經常拿出來告誡年輕人，要從中吸取教訓。

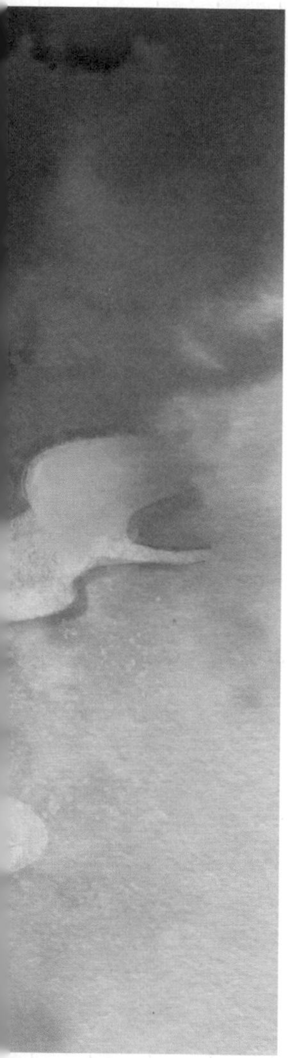

26

蟹嫗

【出處】宋代李昉等《太平廣記》〈卷一百三十一．報應三十．章安人〉（引《廣古今五行記》）

南北朝時，章安（今浙江台州）出海口往北六十里處，有條河流叫南溪，溪水幽深，清澈見底，裡面有螃蟹，大如竹筐，腳長三足。

劉宋元嘉年間，有個叫屠虎的人經過這裡，便抓螃蟹來吃，味道十分肥美。屠虎覺得沒什麼大不了，渾然沒放在心上。怎料想當天晚上，屠虎夢見一個少女對他說：「你吃我，不知道你很快也要被吃掉了嗎？」

屠虎第二天出行，果然被老虎吃了。家裡人只能聚集他的殘肢下葬，老虎又刨開了他的墳墓撕咬吞吃，導致屠虎的屍體幾乎什麼也沒留下。從此之後，再也沒人敢吃那條河流裡的螃蟹了。直到如今，南溪裡還有那種螃蟹。

27

冶鳥

【出處】晉代干寶《搜神記》〈卷十二．越地冶鳥〉
晉代張華《博物志》〈卷三．異鳥〉

越地一帶的深山中有一種鳥，大如斑鳩，名為冶鳥。這種鳥喜歡在大樹上做巢，搭建的鳥巢看上去如同能裝五六升米的容器，直徑好幾寸，周圍用土壘邊，紅白相間。

伐木的人看到搭有這種鳥巢的樹，都不敢砍伐。

有時候，夜色黑暗，人在樹下看不見鳥，鳥也知道人看不見它，便會鳴叫，發出「咄！咄！上去！」的聲音。聽到這種聲音，樵夫第二天就會到山上去砍伐。如果鳥叫喚說：「咄！咄！下去！」那就意味著，明天應該趕快到山下去砍伐。如果那鳥不讓人上去或下去，只是談笑不停，人們就必須停止砍伐了。

如果有污穢惡濁的東西出現在它們棲息的地方，就會有老虎通宵來守著，人如果不離開，老虎便會傷人。

這種鳥白天看起來是鳥，晚上聽它們的鳴叫聲也是鳥的叫聲，但有時它們會變成三尺高的人，到河流中抓石蟹，找人借火烤著吃，人不能傷害它們，否則就會發生禍事。

越國的人說這種鳥是越國巫祝的始祖。

植物篇。

物之性靈為「精」，由山石、植物等等所化，成了千奇百樣超越當時人類理解的奇異事物。

28

白耳

【出處】唐代段成式《酉陽雜俎．前集》〈卷十四．諾皋記上〉

唐代有個人叫郭元振，住在深山老林裡，修身養性，怡然自樂。一天，半夜時分，有一個臉如圓盤的東西眨著眼睛出現在燈下。郭元振向來膽子大，看著那張大臉，一點兒也不害怕，還慢慢拿起筆蘸了墨，在它臉頰上寫道：「久戍人偏老，長征馬不肥。」寫完讀了一遍，那東西就消失了。

幾天後，郭元振跟著樵夫四處閒逛，發現一棵大樹上有個白耳，如幾斗那麼大，上面有他題寫的那兩句詩，這才明白過來夜裡出現的那張怪臉，便是此物。

久戍人偏老
長征馬不肥

29

陂中板

【出處】晉代陶潛《續搜神記》〈卷八．聶友板〉

三國的吳國，豫章郡新淦（今江西中部）這個地方，有個人叫聶友。此人年輕的時候很窮，身分低下，喜歡上山打獵。

有一天，他發現一隻白色的鹿，就放箭射中了它；循著血跡追趕，但沒有找到。聶友又餓又困，就躺在一棵梓樹下休息。一仰臉，看到他射鹿的那支箭竟然扎在樹枝上，覺得很奇怪，就回到家裡，準備了乾糧，率領子弟帶著斧頭來伐樹。

斧頭剛砍下去，樹就流出血來。聶友覺得不吉利，就把樹劈成兩塊板子，扔到河裡。這兩塊板子有時沉下去，有時也會浮上來。凡浮上來的時候，聶友家中必然有吉事。

聶友到外地迎送賓客，也常乘坐這兩塊板子。有時候正處河流當中

的時候，板子要沉，客人十分驚懼，聶友喝斥那板子一番，它們就浮上來了。

後來，聶友平步青雲，官位一直到了丹陽太守。一次，兩塊板子忽然隨他來到石頭城，他大吃一驚，心想，這時兩塊板子來，恐怕不對勁，於是趕緊辭官回家。他把兩塊板子夾在胳膊下，一天就到了家中。從此以後，板子再出現就預示了可能會發生凶禍。

如今，在新淦縣城北方二十多里的地方，有條名為封溪的溪流，當年聶友砍伐梓樹做板子的地方仍在。當地還有一棵樟樹，是聶友從石頭城歸來那天栽的，枝繁葉茂。蹊蹺的是，這棵樟樹的枝葉都是向下生長的。

30

光化寺百合

【出處】唐代薛用弱《集異記．補編》〈光化寺客〉

唐代，兗州（今山東濟寧）的徂徠山上有座寺廟，叫光化寺。有個書生意志堅定，一心要考取功名，就在寺裡面苦讀，長期住在那裡。夏季一個涼爽的日子，晚風習習，月朗星稀。書生放下書本，決定休息一下，便來到寺廟的廊下觀看壁畫，不想遇上一個十五六歲、身著白衣的美麗少女。

書生問女子從哪裡來，女子笑著回答說，家在山前。書生以前在山前並沒有見過這個女子，只是因為特別喜歡她，也沒有懷疑她的身分。

書生和白衣女子一見鍾情，情意綿綿，二人共度了一晚。白衣女子說：「你沒有因為我是村野之人而瞧不起我，所以我想永遠留在你身邊，但是今晚必須離去。等我再回來就可以永不分離了。」

書生對女子戀戀不捨，千方百計想要挽留她，都被女子拒絕了。見女子意志堅決，書生就把平常戴在身上的一件寶貝——白玉指環，送給了她，作為二人的定情信物。「看到它，你就會想起我了，希望你早點回來，以解我的相思之苦。」書生如此說。女子點頭答應。二人難捨難分，女子最終站起身，要離開。

書生想出去送送她，女子說：「恐怕家裡有人會來接我，你不要送了。」

書生唉聲歎氣，偷偷爬上寺裡的門樓，想目送愛人離開。他遠遠看著白衣女子走出此門百步左右，忽然就不見了。

寺前平闊數里，都是些小樹小草，一根頭髮也不能隱藏，女子怎麼會突然不見呢？書生覺得奇怪，趕緊來到寺前仔細尋找。儘管他對這裡極為熟悉，但就是找不到女子的蹤跡。

書生見草中有一株百合，白花絕美，就把它挖了出來。等拿到屋裡，才發現自己的白玉指環就裹在這株百合裡。

書生既驚慌又悔恨，精神恍惚，後來一病不起，不久就死去了。

31

赤莧

【出處】南北朝劉敬叔《異苑》〈卷八〉

晉代時，有個人買了一個鮮卑的女僕，名為懷順。懷順說了一件怪事：她姑姑有個女兒，曾經被赤莧所魅惑。

據說，她姑姑的這個女兒看到一個男子，穿著紅色的衣服，長相風流俊俏。男子自稱家在廁所的北面，經常和姑姑的女兒幽會，每次作別之後，就走到屋子後面消失了。

自從和這個男子結識之後，姑姑的女兒變得格外開心，整天唱著歌，心情燦爛。

姑姑一家人覺得事情異常，暗中守候，等那男子離開屋子之後，跟蹤過去，見那人變成了一株赤莧，姑姑女兒的指環還掛在上面呢！

家人砍了那株赤莧，女兒十分傷心，過了一晚上就死了。

32

嘉陵江巨木

【出處】唐代薛用弱《集異記．補編》〈高元裕〉

閬州城靠近嘉陵江，那條江水流湍急，波濤翻滾。江邊有一根大木頭，長一百多尺，粗五十多尺，沒人知道它的來歷。這木頭在水上漂蕩了許多年，往來穿梭於水中。

據閬州城上了年紀的人說，相傳是堯帝的時候發大水，把這根木頭沖到這裡來的。

襄漢節度使高元裕是渤海人，大和九年從中書舍人遷任閬州，成為該地的地方官員，來到該地不久就見到了這根大木頭，覺得很稀罕。

有一天，江邊的官吏來報告說，那江中的大木頭從來都是頭向東，昨夜無緣無故向西了。高元裕更覺驚奇，立即和同僚們趕到江邊觀看，隨即召集周圍擺船的，又叫來一些軍吏百姓，用粗繩子掛住那大木頭往岸上拽。一開始還沒什麼阻礙，大夥一拖，那木頭就開始出水登岸了。但在出水大半以後，它就屹立在那裡不動了。即使是一千個人一百頭牛費盡力氣，也拽不動它。大家筋疲力盡，不得不放棄。從此，這根木頭便在風吹日曬之下，僵臥在沙灘上。

時間長了，有人開始打這根木頭的主意。有和尚想要把這根大木頭做成大柱子用來修建佛寺，有州吏想把大木頭鋸開，做木雕的原料，但都被高元裕拒絕了。他覺得此木奇偉異常，不能隨意就給破壞了。思來想去，他打算把大木頭送還到江裡去，但考慮到需耗用許多勞力，很費事，就猶猶豫豫一直沒有定下來。

開成三年正月十五日，高元裕依照先例到開元觀燒香。同僚官吏全部到了，人潮湧動，現場氣氛熱烈。高元裕很高興，想著既然來了這麼多人，那大家乾脆一起拉動那木頭，便可送它回到江中。大家一聽，齊齊點頭，立刻弄來不少粗繩子，召集了一些有力氣的人，準備幹活。

就在大家一鼓作氣打算拉它的時候，這根巨木卻借著眾人的力氣自己轉移，輕易地又回到水裡去了。在它離江水還有一尺來遠的時候，轟然一聲巨響，捆在巨木上的上百條粗繩子全都綳斷，像被斬斷一樣。大木頭則沿著漩渦沉沒了，江面上立刻出現了從來沒有過的寂靜。

高元裕派了幾個擅長潛水的人下到水底觀瞧。江水很清澈，就連一根頭髮也看得清。潛水的人在水底觀察了許久才出來，報告說：「大人，水裡另有東西方向兩根木頭，粗細和剛才下去的那根沒什麼兩樣，剛才下去的那根南北向疊在另外那兩根木頭上。」大家聽了這話，你望望我，我望望你，臉上都露出了驚愕之色。從此，再也沒人看見過那木頭。

不久之後，朝廷派使者前來，宣布高元裕升官，擔任諫議大夫。高元裕打開文書發現，朝廷確定自己升遷的日子，正好就是他命人將巨木送回江中的那一天。

33

胡桃

【出處】唐代段成式《酉陽雜俎．前集》〈卷十四．諾皋記上〉

唐代大曆年間，有個寡婦柳氏居住在渭南（今陝西渭南）。柳氏有個兒子，年紀十一二歲。夏天的一個晚上，兒子忽然感到害怕，驚悸睡不著，三更後，看見一個老頭，穿著白衣服，兩顆牙齒齜出唇外，走到他床前。

當時柳氏兒子身邊有個丫鬟，但已經睡著，老頭來到近前掐住丫鬟喉嚨，撕碎丫鬟衣服，一眨眼的工夫，便吃掉了丫鬟的皮肉，露出森森白骨。接著，老頭把丫鬟舉起來，張開嘴吞吃丫鬟的五臟六腑。那老頭嘴大得如同簸箕，模樣十分恐怖。柳氏的兒子看了，不由自主嚇得大叫一聲，老頭隨之消失了。家人聽到驚叫聲趕來時，發現丫鬟只剩下骨頭了。

幾個月後，一天傍晚，太陽快要落山了，柳氏坐在院子裡乘涼。見有隻胡蜂圍著自己來回飛舞，柳氏就用扇子拍打，將胡蜂打落在地，結果聽

到啪嗒一聲響，再仔細觀看，發現那胡蜂竟然變成了一顆胡桃。

柳氏很是驚奇，撿起胡桃，放在屋子裡，結果那胡桃迅速長大，剛開始如同拳頭大小，然後長成了磨盤一樣大，突然爆裂為二，如同飛輪一樣飛起來，啪的一聲夾住柳氏的腦袋，將柳氏夾得腦漿迸裂，然後飛走了。

34

槐精

【出處】唐代段成式《酉陽雜俎·前集》〈卷十五·諾皋記下〉
唐代張讀《宣室志》〈卷五·吳偃〉

唐代元和年間，有個叫陳樸的人，家住崇賢里北街。有一天，他正在自己家裡，倚著門往外看。當時正是黃昏時候，他看見一些好像婦人和老狐、異鳥之類的東西，飛進一棵大槐樹裡不見了。於是，他就把大槐樹砍倒，想看看到底是怎麼回事。大槐樹一共有三個杈，中間都是空的，一個杈中裝有獨頭栗子一百二十一個，中間用布包著一個死孩子，身長一尺多。

也是在唐代，禮泉縣（今陝西咸陽）有一個叫吳偃的山民，家在田野之間，有個十來歲的女兒。一天，女兒忽然不見了，也不知道去了哪裡。過了幾天，吳偃夢見死去的父親對他說：「你的女兒在東北方向，大概是木精作怪，把她藏了起來。」吳偃被驚醒了。

到了第二天，他到東北方向仔細查找蹤跡，果然聽到呼喊呻吟的聲音。吳偃順著聲音找過去，發現女兒在一個洞穴裡。洞穴口很小，但裡面較寬。旁邊有一棵老槐樹，枝繁葉茂，巨大的樹根盤繞在地。吳偃費盡力氣把女兒救出來，領回家，但是女兒卻自此變得癡癡呆呆。

某天，有一個姓李的道士來到縣裡，吳偃就請道士用法術救救自己的女兒。李道士答應下來，施展法術，女兒逐漸恢復神智，說：「此地東北有一棵大槐樹，成了精，拉著我從樹肚子裡走進地下的洞穴內，所以我就病了。」

聽女兒說完後，吳偃氣憤地砍倒了那棵大槐樹。幾天後，女兒的病果然好了。

35

賈詘

【出處】唐代釋道世《法苑珠林》〈卷四十五〉（引《白澤圖》）

生長千年之久的大樹會生出一種蟲子，名為賈詘，長得像豬，吃起來有狗肉的味道。

36

彭侯

【出處】唐代釋道世《法苑珠林》〈卷六十三〉
晉代干寶《搜神記》〈卷十六・彭侯〉

彭侯是樹木之精，長得像黑狗，只是沒有尾巴。

三國時期，東吳建安（郡府駐地在今福建建甌）太守陸敬叔派人去砍伐一棵大樟樹。伐木人剛砍了幾斧頭，就看見血從樹裡往外湧。當把樹砍斷的時候，一個人面狗身的怪物從樹裡衝了出來。

陸敬叔指著怪物對手下說：「這東西叫彭侯。」大家一擁而上，將怪物抓住。陸敬叔命人把這個怪物煮了吃，發現味道與狗肉差不多。

37

青牛

【出處】晉代郭璞《玄中記》
唐代余知古《渚宮舊事》〈卷五〉
五代徐鉉《稽神錄》〈卷二．鞭牛〉
宋代李昉等《太平御覽》〈獸部．卷九百．獸部十二．牛下〉（引《嵩高記》）

據說，山裡面的古樹如果樹齡超過萬年（也有說是千年），就會變成青牛。

東漢時，漢桓帝有次在黃河邊遊玩，忽然有一頭大青牛從黃河裡跑出來，周圍的人都嚇得四散逃走。

陪伴皇帝的人裡有個姓何的將軍，他十分勇猛，衝上去，左手拉住牛蹄，右手舉起斧頭，砍掉了牛頭。

不過那頭牛的屍體很快就消失了。人們這才知道，那頭青牛是萬年樹精所化。

晉代時，桓玄去荊州，在鶴穴這個地方遇到一個老頭，他趕著一群青牛，模樣與眾不同。

桓玄見那些青牛長得十分雄健，就用自己的車子跟老頭換了一頭青牛。他騎著牛一路行走如風，簡直比騎千里馬還要快。到了地方，桓玄從牛背上下來，牽著牛到河邊喝水。那頭青牛搖頭晃腦，走入水中就消失了。

後來，桓玄請來巫師詢問這件事，巫師說那頭青牛乃是樹精。

宋代時，京口（今江蘇鎮江）有個人晚上來到江邊，看見石公山下有兩頭青牛，肚子和嘴巴都是紅色的，在岸邊嬉戲。有個高三丈多的白衣老頭，拿著牛鞭坐在牛背上。

過了一會兒，老頭回頭，發現有人偷看，就舉起鞭子把兩頭牛趕入水裡。隨後，老頭上下蹦跳，身形變得越來越高，抬起腿直接上了石公山，消失不見了。

38

人木

【出處】唐代段成式《酉陽雜俎・前集》〈卷十・物異・人木〉

大食國西南兩千里處有個國家，那裡有一種名為人木的精怪——山谷間的樹木之上會長出人的腦袋，如同花朵一般，不會說話。人問它什麼，它就笑笑，笑得多了，腦袋就會凋零落下。

39

桃木精

【出處】清代錢泳《履園叢話》〈叢話十六．精怪．桃妖〉

清代，嘉定外岡鎮徐朝元家裡有一株桃樹，已經很多年了，枝葉茂盛。

徐朝元的妹妹即將成年，長得非常美麗，經常在桃樹上曬衣服。

一天，忽然有個美男子出現在桃樹旁，和妹妹說笑，時間長了，兩個人就有了感情。認識這個男子之後，徐朝元妹妹的容貌變得格外嬌豔，但精神卻逐漸變得恍惚不正常。

家裡人發現情況不對勁，偷偷請巫師占卜，懷疑是桃樹作祟，便鋸斷了它。鋸斷桃樹的時候，裡面流出很多血。

從此之後，怪事再也沒有發生，但徐朝元的妹妹不久就死了。

40

桐郎

【出處】晉代祖台之《志怪》

有個人叫騫保，晚上在樓上睡覺時，看到一個穿著黃衣、戴著白帽的人拿著火把上樓了。騫保覺得很害怕，就躲進了櫃子裡。

過了一會兒，有三個丫鬟帶著一個女子上來，戴白帽的人就和女子一起上床睡覺了。

天還沒亮，戴白帽子的人起身離開了。

如此過了四五個晚上，騫保對此事十分好奇。一天早晨，等戴白帽的人離開後，騫保從藏身的地方跳出來，問那女子戴白帽的人是誰。女子說：「是桐郎，他是道路東邊廟宇旁的一棵樹。」

一天半夜，桐郎又來了。騫保趁其不備拿起斧頭砍倒他，然後用繩子將其綁在柱子上。

第二天一早，騫保去看，發現桐郎竟變成一根高三尺多的人形木頭。

鶱保覺得這東西很稀奇，想將它送給丞相，結果乘船至江中間時，忽然風浪大起，桐郎掉入水中，水面這才恢復平靜。幸運的是，鶱保撿回了一條命。

41

杏精

【出處】清代紀昀《閱微草堂筆記》〈卷一．灤陽消夏錄一〉〈卷八．如是我聞二〉

清代，河北滄州有個人叫潘班，擅長書畫，自稱黃葉道人。有一天，他留宿在朋友的書齋裡，聽到牆壁裡有人小聲說：「今晚沒有人和你共寢，如果不嫌棄，我出來陪你吧。」潘班聽了十分害怕，趕緊搬了出來。

朋友聽說這事，告訴他：「這間書齋裡有個妖精，經常幻化成一個美麗的女子，但從來不會害人。」

人們都說，書齋裡的這個妖精並不是狐狸鬼怪之類的東西，它比較講究，碰到粗俗之人不會出現，反而格外看重那些落魄的讀書人，因為敬佩潘班的才華，所以才會自薦枕席。

後來潘班一直不得志，鬱鬱而終。十幾年後，有人聽到書齋裡傳來哭泣聲。第二天起了狂風，吹折一棵老杏樹，書齋裡的妖精就再也沒有出現過。

也是在清代，有個書生住在北京的雲居寺，看到有個十四五歲的小孩

經常來寺裡玩。書生見小孩可愛，就將他留在了自己房間。但是時間久了，書生發現自己的朋友似乎看不到小孩，彷彿他是透明人一般。書生懷疑小孩不是常人，便拉著他詢問。

小孩說：「你不要怕，我其實是杏精。」

書生驚道：「難道，你是想要傷害我的鬼魅嗎？」

小孩說：「精和鬼魅不同。厲鬼這些東西是幹壞事的，所以叫鬼魅。千年的老樹，吸取日月精華，時間長了，便會在體內結胎，就成了精，精是不會害人的。」

書生又問：「我聽說花精都是女的，你為什麼是男孩呢？」

小孩說：「杏樹有雌雄之分，我是雄杏。至於我為什麼來找你，是因為你我有緣。」

書生不太相信，問道：「人和草木怎麼會有緣分呢？」

小孩猶豫了一會兒，說：「其實，如果不借助人的精氣，我們是不能煉化出人形的。」

書生恍然大悟，說：「既然這麼說，那你還是在利用我。」

說罷，書生趕緊起身，離開了。

42

護門草

【出處】唐代段成式《酉陽雜俎·前集》〈卷十九·廣動植之四·草篇·護門草〉

常山北有一種草，名叫護門草。把它放到門上，夜間有人經過，它就會發出喝斥聲，保護主人的宅邸，不讓人進來。

43

藻兼

【出處】南北朝劉義慶《幽明錄》〈卷五〉

有一次，漢武帝和群臣在未央宮舉行宴會，正吃吃喝喝得很高興時，忽然聽到有人自稱「老臣」。

漢武帝四處看，也沒發現這個人，抬起頭，見殿梁上有個老頭，高八九寸，拄著拐杖，佝僂而行。漢武帝問他話，老頭下來後，只對著漢武帝稽首，卻並沒有回答，抬頭看了看大殿，又指了指漢武帝的腳，就消失了。

漢武帝覺得十分奇怪，就召來天文地理無所不知的東方朔詢問。東方朔聽完漢武帝的講述後，說：「陛下，那個老頭叫藻兼，乃是水木之精。夏天住在林子裡，冬天會躲進河裡。陛下你興造宮室，砍掉了它居住的大樹當作殿梁，所以它特來向你控訴。它剛才看了看大殿，又指了指你的腳，腳是足，是止的意思，也就是告訴你，到此為止吧，從今之後，別再砍伐樹木、費盡人力造宮殿了。」

漢武帝聽了東方朔的話，點了點頭，命人停止修建宮裡的殿堂樓閣。

過了一段時間，漢武帝到黃河遊玩，聽見水底傳出音樂聲，又看到了那個老頭。老頭帶著很多人，都有八九寸高，穿著華貴的衣服，從水底出來，給漢武帝奉上了精美的食物。

漢武帝趕緊命人將老頭和他的隨從請到座位上。

老頭對漢武帝說：「老臣之前冒死進諫，陛下讓人停止砍伐，保全了我們的居所，我等十分感激，特意前來表達謝意。」

說完，老頭就命令隨從為漢武帝演奏歌舞。他們的歌聲聲音大小和人類沒什麼差別，曲調婉轉，唱腔優美。漢武帝龍顏大悅，賞賜了不少美酒給老頭。

老頭還獻給漢武帝一枚紫螺，螺殼中有像牛脂一樣的東西。漢武帝說：「既然你是水木之精，一定有許多塵世沒有的珍寶吧？能不能給我看看，讓我開開眼界？」老頭命人去取，旁邊的一個人跳入水裡，很快上來，獻上了一顆直徑好幾寸的大珍珠，光華萬道，明耀絕世。

如此，大家高高興興地相處了一場，老頭才帶著隨從離開。

東方朔告訴漢武帝：「陛下，老頭先前給你的裝在紫螺殼裡的東西，是蛟髓，塗抹在臉上，可以讓人容顏靚麗，如果是女子用了，就不會難產。」

44

雲陽

【出處】晉代葛洪《抱朴子．內篇》〈卷十七．登涉〉

如果聽到山中的大樹在說話，其實那並不是樹發出的聲音，而是一種名為雲陽的精靈的聲音。喊它的名字，就會發生吉祥的事情。

45

蕈童

【出處】五代徐鉉《稽神錄》〈卷六．豫章人〉

宋代時，豫章郡（今江西北部）這地方的人都喜歡吃蕈。其中有一種黃姑蕈，味道特別鮮美，當地人尤為愛吃。

有一戶人家蓋房子，就準備了一些黃姑蕈，想用來招待幫著蓋房的工匠們。

有一個工匠在房上安放瓦片，正忙碌的時候，從高處無意間往下看了一眼，見一個小男孩繞著烹煮黃姑蕈的鍋跑，然後倏地跳進鍋裡消失了。

不多時，主人把煮好的黃姑蕈擺到餐桌上，熱情地款待大家。安瓦片的工匠覺得事情怪異沒吃，其他工匠都吃了。

天黑以後，吃了黃姑蕈的人全死了，只有那個沒吃的工匠活了下來。

46

花魄

【出處】清代袁枚《子不語》〈卷二十四・花魄〉

清代，婺源有個謝某，在張公山讀書。早晨起來，謝某聽到樹林中鳥鳴婉轉，悅耳動聽，聽聲音好像是鸚鵡或者八哥，便走上前去，發現竟是個美麗的女子。她只有五寸多高，全身赤裸無毛，通體潔白如玉，表情卻似乎很愁苦。

謝某便把女子帶回家，養在籠子裡，用飯餵養她。女子一點兒都不害怕謝某，還跟他說話，但謝某聽不懂她說的是什麼。過了幾天，謝某把籠子放在太陽底下，結果見了陽光，女子竟然乾枯而死。

當地有個叫洪麟的孝廉聽說了這件事，跟謝某說：「這叫花魄，如果一棵樹上吊死過三個人，樹上的冤苦之氣會凝結生出它來。泡在水裡，它就能活過來。」

謝某照辦，它果然活了。

鄰居們前來看熱鬧，謝某怕惹來麻煩，把它又送回樹上。不過沒多久，一隻大怪鳥飛過來，就銜著它飛走了。

47

橘中叟

【出處】唐代牛僧孺《玄怪錄》〈卷三・巴邛人〉
明代張岱《夜航船》〈卷十八・橘中二叟〉（引《幽怪錄》）

唐代四川巴邛，有個人家裡有座橘園，下霜後樹上的橘子都收了，唯獨一棵橘樹樹頂上還有兩個大橘子在。

這人就把它們摘了下來，剖開，發現每個橘子裡都有兩個老頭，只有一尺多高，鬚髮皆白，皮膚紅潤，對坐著下象棋，談笑自若，也不害怕。

老頭們一邊下象棋，一邊聊天。有一個老頭說：「這地方很快活，不比商山差，就是不穩妥，被人摘了下來。」

另有一個老頭說：「餓死了，吃龍根脯吧！」說完，老頭從袖子裡抽出了一個直徑一寸多的草根，形狀彎曲如龍，一邊削一邊吃。

吃完了，老頭又拿出一個草根，對著它噴了一口水，那草根就變成了一條龍。四個老頭坐上去，很快地風雨大作，它們也消失不見了。

48

大手

【出處】唐代戴孚《廣異記》〈卷七．臨淮將〉
唐代段成式《酉陽雜俎．前集》〈卷十三．尸穸〉

唐代永泰初年，有一個姓王的書生，住在揚州孝感寺北。夏天的一個晚上，書生喝完酒躺在床上，雙手耷拉垂到床下。妻子擔心他著涼，拿起他的手想放回床上，忽然有一隻大手從床底下伸出來，把書生拽了進去。

書生的妻子和婢女趕緊相救，卻發現書生的身體大部分已經被拉進了地下。妻子和婢女雖然死命拉扯，書生最後還是消失不見了。

家裡人十分驚慌，拿來工具挖地，挖到兩丈深的時候，看到一具枯骨，像埋了幾百年似的。

也是在唐代。上元年間，在臨淮這個地方，一些將領夜晚舉行宴會，炙烤豬羊，大快朵頤。

正吃得高興，忽然有一隻大手從窗口伸了進來，說想要塊肉吃，眾人都沒給。

大手連續要了四次，將領們想戲弄它，就暗中找繩子繫了一個結，放在窗戶那裡有孔的地方，又在另一端打了一個圈套，笑著說：「給你肉！」大手伸進來，就被繩圈套住了，它想掙脫，另一端卻卡在了窗戶上，根本逃不了。

天將亮的時候，大手掉在了地上，原來是一根楊樹枝。

49

女樹

【出處】明代莫是龍《筆麈》

傳說海中有座銀山，上面長著女樹，女樹會在天亮的時候生下嬰孩。太陽出來時，嬰孩就能行走，接著長成少年，中午的時候則成為壯年，到傍晚時便衰老，日落時分就死去。但第二天女樹又會生出嬰孩來。

50

蟒樹

【出處】唐代丁用晦《芝田錄》

唐代會昌、開成年間，皇宮裡的含元殿要更換一根主柱，皇上命令右軍負責木材採伐和製作，要求選擇合乎尺寸的木材，而且必須是那種參天古木才行。

士兵們來到周至一帶的山場，整整一年也沒找到這樣的樹，便重金懸賞廣泛徵集。

有個人貪圖重賞，不惜探幽歷險，終於在人跡不到、猛獸成群的地方找到一棵大樹。大樹有將近一丈粗，百餘尺高，正符合要求。這人先把樹砍倒，等到三伏天山洪暴發，利用洪水將樹沖到山谷出口處，又找來成百上千個人將其牽拉到河床平坦的地方。

終於成功找到並運來了這棵大樹，兩岸的士兵為此歡呼慶賀，迅速奏稟了皇上。

可在鋸掉枒杈加工成材，等待主事者挑選的時候，突然來了一個狂士，長得就像個懂得法術的人。他繞著大樹歎息感慨，嘟嘟囔囔地沒完沒了。看守的人厲聲喝斥，想用繩子綁他，他卻一點也不懼怕。過了一會兒，這裡的頭頭兒命人把他抓了起來，並將此事報告給了皇上。

狂士說，這棵樹必須從中間鋸開，鋸到兩尺左右時，就會證明這棵樹非同一般。

眾人不信，就找來鋸子鋸樹，當鋸到一尺八寸深時，飛出來的木屑竟是深紅色的；再往下鋸兩寸，竟然流出來血了。

皇上嚇了一跳，急忙命令人把樹推到渭水裡面，任它順水漂去。

那個狂士說：「深山大澤裡面生長著龍和蛇，這棵樹中長著一條巨蟒，它不會長時間待在樹裡，等再過十年就會從樹梢飛出去。如果拿這棵樹來做殿堂的柱子，十年之後，這條巨蟒必定會馱載著這座殿堂飛到別的地方去。」

說完，這個人就不見了。

器物篇

萬物皆有靈，有其精魄，一盞燈、一塊玉，
甚至是一本書，都有它們的精彩神氣。

51

筆童

【出處】唐代張讀《宣室志》〈補遺．崔玨〉

唐朝元和年間，博陵（今河北定州）人崔玨僑居在長安延福里。有一天，他在窗下讀書，看見一個小孩，高不到一尺，披著頭髮，穿黃色衣服，從北牆根走到榻前，對他說：「讓我寄住在你的硯台上可以嗎？」崔玨不出聲。

小孩又說：「我很有才華，願意供你差遣，你不要拒絕我呀。」崔玨還是不理睬他。

不一會兒，小孩乾脆蹦蹦跳跳地上了床，拱手站著。然後，小孩從袖子裡取出一份文書，送到崔玨面前。崔玨打開一看，原來是一首詩。字雖然小得如同粟米，卻清晰可辨。

詩是這樣寫的：「昔荷蒙恬惠，尋遭仲叔投。夫君不指使，何處覓銀

鉤。」

崔珏看完，笑著對他說：「既然你願意跟著我，可不要後悔呀！」

小孩又拿出一首詩放到几案上。詩云：「學問從君有，詩書自我傳。須知王逸少，名價動千年。」

崔珏又說：「我沒有王羲之的技藝，即使得到你，又有什麼用？」一會兒，小孩又投來一首詩：「能令音信通千里，解致龍蛇運八行。惆悵江生不相賞，應緣自負好文章。」

崔珏哈哈大笑，開玩笑說：「可惜你不是五色筆。」

那小孩也笑，跳下了床，走向北牆，進入一個洞中，消失不見了。

崔珏讓僕人挖那洞，挖出一管毛筆。崔珏拿起來寫字，很好用。用了一個多月，也沒有發生其他怪事。

52

常開平遺槍

【出處】清代朱翊清《埋憂集》〈卷七．常開平遺槍〉

元朝末年朱元璋起義，平定天下，建立明朝。常遇春追隨他左右，戰功顯赫，死後被追封為開平王。

清代，南京開平王府傳出有精怪作祟，凡進去的人都會死掉，所以只能貼上封條禁止人出入。

有天晚上，府中忽然火光耀眼，周圍的人以為失火了，趕緊去救。大家開啟封條進入後，發現裡面殿宇沉沉，一團漆黑。

眾人正疑惑之際，忽然狂風大作，雷電交加，大殿後面東北方向，一支丈八長槍拔地而起，化作龍形，蜿蜒衝天而去。

眾人驚訝萬分，此時一個穿著破衣爛衫、手裡拄著拐杖的遊方道士經過，聽說此事後，笑著說：「開平王常遇春活著的時候，曾提著這長槍助明太祖平定天下。當年從北平府回來，他在病危時留下遺命，將此槍埋在殿側。這槍原本是他收服的毒龍所化，埋在地下五百年，應當化龍而走了。」

眾人問道士的姓名，道士不願回答，懇求再三，才知道對方就是武當派開山祖師張三丰。

53

成德器

【出處】唐代柳祥《瀟湘錄》〈姜修〉

姜修是並州（今山西太原）一個開酒店的，性情不拘小節，嗜酒，整天醉醺醺的，很少有清醒的時候。這傢伙平常喜歡和人家對飲，每次都喝得大醉。並州人都怕他沉溺於酒，有時他求與人同飲，人們大多躲著他，所以姜修朋友很少。

一天，忽然有一位客人到姜修這兒來要酒喝，他黑衣黑帽，身高才三尺，腰粗幾圍。姜修一聽飲酒就特別高興，便和來客促膝而飲。

客人笑著說：「我平生喜歡喝酒，但從來沒有一次喝得盡興，每次都無法喝到肚子裡全是酒水。唉，若是能喝個痛快，會是多麼讓人高興的事情呀。我聽說你也愛喝酒，就想和你做個朋友。」

姜修說：「你和我有共同喜好，真是同道中人，我們應該惺惺相惜、

親密無間才是啊！」

杯來盞去，客人喝了將近三石酒都沒醉。姜修非常驚訝，認為他不是尋常人，十分敬佩，站起身來施禮拜服，問他家住哪裡以及姓名，又問他為什麼能喝這麼多酒。

客人說：「我姓成，名德器，原先我住在荒山野嶺，因為偶然間得了天地造化，這才有了現在的模樣。如今，我已經老了，又自己修得道行，酒量很好，要裝滿肚子，得五石酒才行。如果能喝夠量，我就很高興。」

姜修聽了這話，又擺上酒和他喝起來。不一會兒酒喝到五石，客人大醉，發狂地唱歌跳舞，大聲喊：「真是高興呀！高興！」最後倒在地上。

姜修認為他醉了，讓家童扶他到室內。到了屋子裡，客人忽然跳起來，驚慌地往外跑。大家跟著追出去，發現他撞到一塊石頭上，「當」的一聲就不見了。

到了天亮一看，原來是一只多年的酒甕，很可惜已經破了。

54

棋局

【出處】唐代柳祥《瀟湘錄》〈馬舉〉

古 人稱棋盤為「棋局」。

唐代時，馬舉鎮守淮南，有個人將一個鑲嵌著珍珠寶石的棋盤獻給他。馬舉給了那人很多錢，便把棋盤收下了。

幾天後，棋盤忽然不見了。馬舉叫人尋找，但沒有找到。

一天，忽然有一個拄著拐杖的老頭來到門前求見馬舉。老頭談論的大多是兵法，造詣很深，馬舉聽得入了迷。

老頭說：「當今正是用兵的時候，為什麼不研究戰略戰術呢？你要能防禦敵寇入侵，若不這樣，鎮守此地又有什麼作為呢？」

馬舉說：「我忙於治理地方百姓，實在沒有時間研究兵法戰策，幸虧先生屈尊趕來，還請你多多指教。」

老頭說：「兵法不可廢，荒廢了就會產生混亂，混亂會導致百姓貧困疲憊，那時候再去治理就困難了。何不先來治兵呢？治兵以後將校精幹，將校精幹以後士兵勇敢。作為將校，得能識別虛實，明辨人心的向背，敢於冒險衝鋒，拚殺格鬥。而士兵呢，要不怕赴湯蹈火，能出生入死，不臨陣逃跑。現在你既然位列藩鎮，身為主帥，就應具備帥才而不可失職。」

馬舉說：「那我應當幹些什麼呢？」

老頭說：「像你這樣做主帥的，一定要首先奪取有利地勢，其次是對付敵軍。對待士卒要真誠，一定先考慮他們的生死；行軍之時一定要先想好進退。說到破關打陣，以及軍中其他事情，也都不可忽視。還有為了保全一小部分反而損失大部、急躁殺敵反而屢次失敗的情況，也要引以為戒。占據險要的地勢，布置疑惑敵人的兵力，妙在急速進攻，不可疑心過重或優柔寡斷。強弱險易相差懸殊無法前進時，要尋求退路，保存力量。驕兵必敗，不可輕敵。如果能深刻領會和掌握這些原則，便是具備了做主帥的知識。」

馬舉受益匪淺，敬佩得五體投地。他詢問老人是哪裡人，並問他為什麼在兵法上有如此深的學問。

老頭說：「我住在南山，自幼就喜歡新奇事物，人們都認為我胸懷韜略。因為我屢經戰事，所以熟悉用兵之法。我今天所說的，都是用兵打仗的要點，希望能對你有所幫助。」說完，老頭就要告辭，馬舉堅決挽留，把他請到館驛休息。

到了晚上，馬舉叫手下去請老頭，只見室內有一個棋盤，就是馬舉先前丟失的那個。

馬舉這才知道那老頭是精怪，就命令手下用古鏡照它。棋盤忽然跳起來，落到地上摔碎了。馬舉驚訝萬分，讓人拿出去將它燒了。

55

鬥鼎

【出處】唐代鄭處誨《明皇雜錄》〈卷一〉

唐代有個人叫李適之，出身唐代宗室，是唐太宗李世民的曾孫、李承乾的孫子，很有才幹，一路當上了唐朝宰相。

李適之出身高貴，性格豪爽，常把鼎擺在庭前，用它們來準備飯食。一天早晨，院中的鼎突然跳起來互鬥，家童趕緊報告李適之。李適之來到院中，擺酒祭祀，但鼎還是打鬥不止，由於打得過於激烈，一些鼎的耳和腳都被打落了。

第二天，李適之就被罷了相，改任太子少保。當時人們覺得他的禍事還遠沒有停止。

不久，他被李林甫陷害，貶為宜春太守。李適之的兒子李霅時任衛尉少卿，也被貶為巴陵郡別駕。李適之到了宜春，不到十天就死了。當時人們認為他是被李林甫迫害死的。

李霅到宜春要把父親的靈柩運回京城，李林甫怒氣未消，讓人誣告李霅，在河南府把他打死了。

後來，人們覺得那些鼎相互打鬥，似乎是在預示著什麼，也都為李適之的死感到惋惜。

56

畫精

【出處】清代紀昀《閱微草堂筆記》〈卷十二．槐西雜志二〉

清代有一戶人家，家中掛著一幅《仙女騎鹿圖》，畫上題款是一個名為趙仲穆的人，也不知道是不是真跡。

趙仲穆，名雍，是趙孟頫的兒子，擅長丹青，書法也聞名天下。

這幅《仙女騎鹿圖》，畫得栩栩如生，意境高遠，每當屋子裡沒人的時候，畫中的仙女就會從畫裡走出來，在牆壁上行走，遠遠看去，就像是皮影戲。

一天，這家人偷偷將長繩子繫在畫軸上，等仙女離開了畫，便將畫扯了過來。仙女就留在了牆上，她的色澤剛開始還很鮮豔，但慢慢越來越淡，過了半天，仙女就徹底消失不見了。

北魏有個叫元兆的人，在雲門黃花寺捉住了一個畫精，情況和上述故事類似。元兆捉住畫精後問它：「你被人畫在紙上，沒有形體，不過是虛空而已，怎麼會變成妖精呢？」畫精回道：「我的形體雖然是畫出來的，卻是按照人世間的形象畫的，畫師如果技藝高超，那我就會產生神智。」

聽起來，畫精說的很有道理，不知道元兆最後有沒有放了它。

57

纜將軍

【出處】清代袁枚《子不語》〈卷十八．纜將軍失勢〉

鄱陽湖裡的船隻碰到大風時，人們經常會看見一條黑龍一般的大纜繩呼嘯而來。只要它出現，定然船毀人亡，所以人們都稱其為纜將軍，年年祭祀它。

清代雍正年間，鄱陽湖大旱，湖水乾涸。水面回落後，有條腐朽的巨大纜繩出現在沙地上。周遭農民看見了，就架起柴火燒了它。焚燒的時候，纜繩流出了很多血。

從此之後，鄱陽湖裡再也沒有出現過纜將軍，人們也就不再祭祀它了。

58

老面鬼

【出處】清代沈起鳳《諧鐸》〈卷三·老面鬼〉

清代有個叫張楚門的人，在洞庭湖的東山教書。

一天晚上，他和一幫學生談論詩文時，看到窗櫺下面有個鬼把腦袋伸了進來。剛開始時，這鬼的臉只有簸箕大小，然後變成了鍋底那麼大，最後大如車輪。它的眉毛如同掃帚，眼睛如同鈴鐺，顴骨凸出，臉上滿是塵土。

張楚門看了微微一笑，取來自己的著作，對它說：「你認識上面的字嗎？」

鬼不說話。

張楚門又說：「既然不識字，何必裝出這麼大一張臉來？」

說完，張楚門伸出手指彈鬼的臉，砰砰作響，大笑道：「臉皮這麼厚，難怪你不懂事。」

鬼十分慚愧，頓時縮成了豆子一般大小。

張楚門對旁邊的學生說：「我看它雖然裝出這麼大一張臉，卻是一個不要臉皮的傢伙。」

說罷，張楚門抽出佩刀砍了過去，那鬼發出一聲輕響倒在地上。張楚門上前拾起來，發現竟然是一枚銅錢。

59

裂娘

【出處】明代劉玉《巳瘧編》〈袁著〉

明代，信州（今江西上饒）有個人叫袁著，一天晚上他在經過一座荒廢的宅院時，遇見一個黑臉女子。這女子自稱裂娘，紮著雙髻，穿著紅色的衣服，戴著一副金耳環，和袁著說著話，突然又不見了。

袁著既疑惑又害怕，不敢住在此處，急忙到朋友家借宿。

第二天，他來到那座廢宅尋找，在灰塵裡看見一件紅色的衣服，撥開，找到一把剪刀，才知道昨天遇到的女子，便是這把剪刀在作怪。

60

履精

【出處】唐代薛用弱《集異記》〈補編·游先朝〉

唐代，廣平（今河北邯鄲東部）有個人叫游先朝，看見一個穿紅褲的人，知道是鬼怪，就用刀砍它。

過了好一會兒去看，發現原來是自己經常穿的鞋。

61

門扇

【出處】唐代戴孚《廣異記》〈卷六．韋諒〉

唐代乾元年間，江寧（今江蘇南京江寧）縣令韋諒忽然在堂前看見一個小精怪，用下嘴唇蓋著臉，來到放燈的地方，離去了又跑回來，如此循環往復。

韋諒覺得奇怪，就派人去追它。它跑出去後就消失在台階下了。第二天早晨，韋諒讓人在它消失的地方挖掘，挖到了一塊舊門扇，長一尺多，上部像荷葉捲起的形狀。

62

墨精

【出處】唐代馮贄《雲仙雜記》〈卷一．黑松使者〉

唐玄宗李隆基御案上用來書寫的墨，被稱為龍香劑。有一天，唐玄宗看到墨塊上有個小道士，大小如同蒼蠅一般，在上面嬉戲。唐玄宗喝斥了一聲，這東西立刻跪拜，稱道：「萬歲，臣是墨精，也被稱為黑松使者，凡世間有文采的人，使用的墨塊上都有十二個叫龍賓的守墨神靈。」

唐玄宗覺得很神奇，就將這個墨塊賞賜給了手下的文官。

63

泥馬

【出處】宋代李昉等《太平廣記》〈卷四百三十六．畜獸三．馬．王武〉（引《大唐奇事》）

唐代，洛陽有個叫王武的人，是個富豪，但人品低下，尤善阿諛奉承，攀附權貴，周圍的人都很鄙視他。

一次，他看到有人在賣一匹駿馬，就讓僕人付了大價錢，從眾多買家的手中爭了過來，準備獻給高官。那匹馬潔白如雪，鬃尾赤紅，日行千里。有的人說它是千里馬，有的人說它是龍駒，縱橫馳騁，一般的馬根本趕不上。

王武準備把駿馬獻給大將軍薛公，就命人給牠安上金鞍玉勒，用珍珠翡翠點綴，裝飾得華貴無比，心想大將軍見到這樣的駿馬，一定很高興。沒想到，正準備著呢，那馬突然在馬廄裡大叫一聲，變成了一匹泥馬。

王武驚訝異常，但也沒辦法，只能自認倒楣，又擔心不吉利，便把它給燒了。人們都說，這是老天對王武趨炎附勢的懲罰。

64

漆鼓槌

【出處】南北朝吳均《續齊諧記》〈籠歌小兒〉

東晉桓玄那時候，在朱雀門下，忽然出現了兩個通身黑如墨的小男孩，一唱一和地吟唱〈芒籠歌〉。這兩個小男孩不僅長得好看，而且歌聲婉轉動人，引得路邊幾十個小孩跟著唱。周圍的人也都來看熱鬧，事情傳得沸沸揚揚。

他們唱的歌詞是這樣的：「芒籠首，繩縛腹。車無軸，倚孤木。」歌聲哀傷淒楚，讓人聽了沉溺其中，不忍離開。

天眼看要黑了，兩個小男孩回到建康縣衙，來到閣樓下，變成了一對漆鼓槌。

打鼓的官吏說：「這鼓槌放置好長時間了，最近常常丟失了又回來，沒想到它們變成了人！」

第二年春天，有消息傳來：桓玄兵敗身死。人們這才明白，那首歌中的「車無軸，倚孤木」，就是個「桓」字。

荊州那邊的人把桓玄的頭顱送回來，用破敗的竹墊子包裹著，又用草繩捆綁他的屍體，沉到了大江之中，和歌謠裡唱的一模一樣。

65

新婦子

【出處】
唐代戴孚《廣異記》〈卷五．韋訓〉〈卷五．盧贊善〉
唐代張鷟《朝野僉載》〈卷六〉
五代王仁裕《玉堂閒話》〈卷三．九子母〉

唐代，京兆人韋訓閒暇之日在自己家的學堂裡讀《金剛經》。忽然，他看見學堂外有一個穿粉紅色衣裙的婦人，身體有三丈多高，跳牆進來，遠遠地伸手去抓學堂中的教書先生。教書先生被她揪住頭髮拽到地上來，她又伸手來捉韋訓，韋訓用手抱起《金剛經》遮擋身體，倉促躲開了，才得以倖免。

教書先生被婦人拽到一戶人家中，這家人看到了，趕緊跟在後面喊叫，婦人這才不得不丟掉教書先生，倉皇跑進一個大糞堆裡，消失了。

教書先生被那婦人勒得舌頭吐出一寸多長，全身的皮膚呈現藍靛色，已經奄奄一息。這家人把他扶到學堂裡，過了好長時間，他才醒過來。

韋訓領人去挖那個糞堆，指揮大家往下挖掘，挖到幾尺深時，發現了一個布做的新婦子（年輕貌美的女子）。韋訓把它帶到十字路口燒掉，那妖怪就滅絕了。

也是在唐代，有個叫盧贊善的人。家裡有一個用瓷做的新婦子，盧贊善十分喜歡。

放了幾年，他的妻子開玩笑地對他說：「你這麼喜歡這個瓷娃娃，乾脆讓它給你當小老婆吧！」聽了妻子的話之後，盧贊善精神變得恍恍惚惚，總能看到一個婦人躺在他帳中。時間長了，他料到這是那瓷做的新婦子在作怪，就把它送到寺院裡供養起來。

寺裡有一個童子，早晨在殿前掃地，看見一個婦人。童子覺得奇怪，以前從來沒有見過這個人，就問她從哪兒來，她說她是盧贊善的小老婆，被大老婆嫉妒，就被送到這兒來了。

後來童子見盧家人來，就說起這件事。盧贊善讓人打碎那瓷做的新婦子，發現它心頭有個血塊，有雞蛋那麼大。從那以後，就再也沒有怪事發生了。

唐代，越州（今浙江紹興）兵曹柳崇的頭上忽然生了個瘡，他難受得一個勁兒地呻吟，痛苦不堪。

家裡人覺得他的瘡生得蹊蹺，不像正常的病症，便找來一個術士在夜裡觀察，看是不是邪物作祟。

術士做法之後，說：「是一個穿綠裙子的女人在作祟，我讓她放過你，她不答應。她就在你屋子窗下，應該趕緊除掉她，否則你的麻煩就大了。」

柳崇趕緊到窗下查看，只看見一個瓷做的女子，還被刷上了綠釉，容貌嬌美。柳崇把它放到鐵臼中搗碎，過了不久，瘡就好了。

五代時，南中（今雲南、貴州和四川西南一帶）這個地方有座寺院，裡面供奉著一尊九子母像，造型和服裝都很奇特。

有個信徒年紀不大，卻很虔誠，自願來到寺廟裡幫忙。待了幾年之後，這人變得瘦弱不堪，神智也恍恍惚惚。僧人們覺得很奇怪，就對他特別留意。

有一次，寺裡有個僧人無意間發現這個信徒一到晚上就進入供奉九子母像的房間裡，不多時，出現了一個美麗的婦人，和他同床共枕。那個婦人的裝扮與神態，和九子母像十分相似。

僧人們知道是九子母像在作怪，就把它毀了。

從此，婦人再也沒有出現過，信徒的病也好了。信徒知道這件事後，便在這座寺廟裡出家當了和尚。

66

骰精

【出處】唐代張讀《宣室志》〈補遺．張秀才〉

唐代，東都洛陽陶化里，有一處空宅院。大和年間，張秀才借住在這個地方修習學業，常恍恍惚惚感到不安。想到自己身為男子，應該慷慨磊落有大志，不應該軟弱，於是他就搬到中堂去住。

夜深躺在床上時，張秀才看見和尚、道士各十五人，從中堂出來，模樣高矮都差不多，排成六行。他們的威嚴、儀態、容貌、舉止都讓人心生敬意。

秀才以為這是神仙聚會，不敢出聲，假裝睡著，暗中觀察。許久，另有兩個東西來到地上，它們各有二十一隻眼睛，內側有四隻眼，尖尖的，灼灼放光。

那兩個東西互相追趕，目光耀眼，身體飛快旋轉，發出清脆的碰撞聲。隨著它們的旋轉，和尚、道士也開始動了起來，他們有的奔有的跑，有的東有的西，有的南有的北，然後彼此打鬥起來。

過了一會兒，一個東西說道：「行啦，停下來吧！」和尚、道士便都立刻停止了打鬥。

兩個東西相繼說道：「這幫傢伙之所以有這樣的神通，都是因為我們倆調教得好！」

張秀才看到這裡，才知道這兩個東西是妖怪，於是把枕頭扔過去，那兩個東西與和尚、道士全都被嚇跑了。它倆邊跑邊說：「趕緊跑，不然我們會被這個窮酸秀才抓住的！」

第二天，張秀才四處尋找，在牆角找到一個爛口袋，裡邊有三十個賭博用的籌碼，還有兩個骰子。

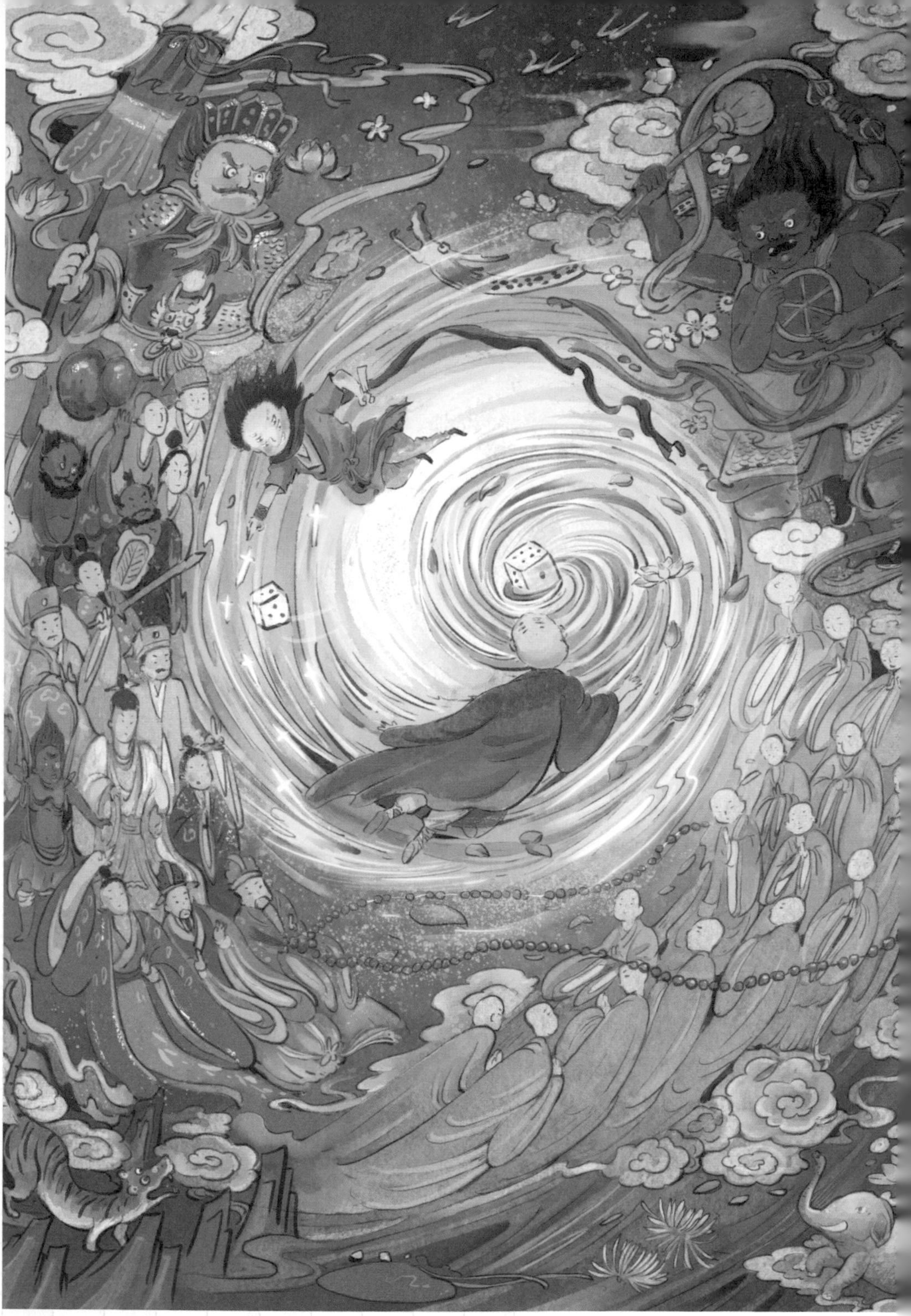

67

石孩

【出處】宋代魯應龍《閒窗括異志》

宋代時，嘉禾縣北門有座橋，因為橋欄四角都立著石頭刻成的小孩，所以得名「孩兒橋」，人們都不知道這橋是什麼時候建的。

這些石孩建造年代久遠，歷經風吹日曬，吸取天地精華，沾染紅塵人氣，便經常出來作怪。有時候晚上敲打人家的門窗求吃的，有時候到夜市上玩耍，當地人經常看見他們。

有天晚上，有個膽子大的人偷偷觀察，看見兩三個石孩從石橋上慢慢跑下來。

這人大喊：「有鬼！」然後拿著刀追趕到石橋上，砍掉了石孩的腦袋。

自此之後，石孩再也沒有出現過。

68

枕勺

【出處】晉代干寶《搜神記》〈卷十八．枕勺〉

曹魏景初年間，咸陽（今陝西咸陽）縣吏王臣家裡出現了怪事，無緣無故地會有拍手和呼喊的聲音，可留神查看卻什麼也看不見。

有一天，王臣的母親夜裡幹活幹累了，就靠在枕頭上睡覺。過了一會兒，王臣聽見鍋灶下有喊聲：「文約，你為什麼不來？」他母親頭下的枕頭發出聲音說：「哎呀，對不起，我被枕住了，不能到你那邊去。你可以到我這兒來喝水。」

天亮後，王臣一看，鍋灶下跟枕頭說話的，原來是飯勺。

於是王臣把它們放在一起燒掉，家裡的怪事從此也就沒有再發生了。

帚精

【出處】唐代段成式《酉陽雜俎．前集》〈卷十四．諾皐記上〉
明代吳敬所《國色天香》〈卷七．竹帚精記〉

唐代時，鄭餘慶在梁州（今陝西漢中）的時候，與龍興寺裡一個叫智圓的和尚關係不錯。智圓擅長用法術制邪理痛，多有奏效，每天都有幾十人等候在門口。

智圓老了，覺得自己氣力日漸衰竭，沒有辦法繼續施展法術了。鄭餘慶很敬重他，就在城東的空地上蓋了一間草房給他居住，還派了一個小和尚和一個僕人服侍他。

幾年之後，一天，智圓閒暇無事，坐在外面曬著太陽剪腳指甲。有一個很端莊的婦人來到他面前行禮，哭著說：「我很不幸，丈夫死了，兒子還小，老母親病得很重。知道大師您的神咒能助我一臂之力，特來向您尋求救護。」

智圓說：「我本來就討厭城裡的喧鬧，所以才搬到這邊。我不想再去城裡，如果你的母親病了，可到這裡來，我給她療理一下。」

婦人又再三哭著求情，說母親病得危急，連走路都走不了。智圓覺得她實在可憐，便答應了。

婦人說，從此地向北二十多里，到一個小村，村附近有個魯家莊，只要打聽韋十娘住的地方就行了。

智圓第二天早晨起來，按照婦人說的，向北走了二十多里，卻沒有找到那個村莊，只得垂頭喪氣地回來。

第三天，婦人又來了。智圓責備她說：「我昨天遠道去赴約，沒有找到你說的地方，你怎麼能騙我呢？」

婦人說：「現在我住的地方只離大師兩三里遠了，是大師您疏忽了。大師，您慈悲為懷，請您一定要再走一趟。」

智圓生氣地說：「老僧身老力衰，如今堅決不出去了！」

婦人突然發起火來，說：「救人一命勝造七級浮屠，竟然以這樣的藉口不去救命，慈悲在哪裡呢?今天你非去不可！」

說完，婦人衝上前拽智圓的胳膊。智圓驚慌失措，懷疑她不是人，拿起小刀刺她。婦人應聲而倒，智圓一看，中刀的竟然是服侍自己的小和尚，而且已經死了，便趕緊和僕人把小和尚的屍體埋在水缸下。

小和尚是本村人，家離智圓住處不遠。事情發生那天早上，小和尚的家人在田間勞作，有一個穿黑衣、背褐色包袱的人到田間來討水喝，說了這件事。小和尚全家人哭號著來到智圓住處。智圓嚇得要命，騙對方說小和尚出門了。小和尚的父親根本不相信，帶著家人查找，最後找到了小和尚的屍體，扯著智圓告到了官府。

鄭餘慶聽說此事之後，非常震驚，派捉拿盜賊的官吏細查此案。老和尚把事情說了一遍，又道：「我一生擅長法術，用法術殺死了不少精怪，這是我欠的一筆老帳，看來是報應已到，只得一死了！」

殺人償命，天經地義，大家都覺得智圓殺了人，應該被處死。只是智圓要求七天後再處死他，他要用這七天來念咒懺悔。

鄭餘慶可憐他，就答應了。

智圓沐浴設壇，用法術查訪那婦人，同時念誦咒語。第三天，那個婦人出現在壇上，說：「我們修行不易，你不分青紅皂白就用法術殺我們，實在太過分。小和尚並沒有死，如果你發誓從此之後不再使用法術，我就

把他還給你。」

智圓聽了，誠懇地發了誓，答應今後再也不用法術。

婦人高興地告訴他，小和尚在城南某村的古墓裡。

智圓急忙將此事告訴了鄭餘慶，鄭餘慶派人按那婦人講的去找，果然在古墓裡發現了小和尚。而原先小和尚的屍體，則變成了一把竹帚。

從此之後，智圓就再也沒有用過法術了。

明代洪武年間，本覺寺有個年輕僧人，叫湛然，長得唇紅齒白，英俊無比。

湛然的僧房位於寺廟角落，很僻靜。有一天，太陽即將落山，湛然坐在庭院中欣賞美景，忽然來了一個美麗的女子，身姿婀娜，雖然沒有佩戴什麼首飾，但容貌傾國傾城。

湛然剛想問她的來歷，結果女子突然就不見了。第二天，湛然又見到那女子飄忽而過。湛然很喜歡她，趕緊起身去追，結果這女子又消失不見了。

如此情景，讓湛然對其朝思暮想。又兩日後，湛然再次發現了她，趕緊抓住她的衣服，訴說自己的思念之情。女子剛開始的時候很拘謹，後來兩人聊天，情投意合，她就留了下來。

湛然問這女子的名字和家裡的情況，女子說：「我家在寺廟的隔壁，從小父母就很疼愛我。我喜歡上一個人，所以才偷偷跑出來，想不到在這裡碰上了你。這件事你不能告訴別人，否則你和我的名聲可就要毀了。」

湛然連連點頭，答應了。自此之後，兩人每天都待在一起。

過了一段時間，湛然變得無精打采，身體枯瘦，找了很多醫生都治不好。

寺裡面有個老和尚對他說：「我給你診脈，發現你被邪氣侵犯，趕緊說說到底是怎麼回事，否則你性命不保。」

湛然嚇得要命，不得已才把事情告訴了老和尚。

老和尚說：「那女子肯定是妖怪！不消滅她，你的病是不會痊癒的。如果她再來，你跟著她，看她到底藏在什麼地方。只要找到她的藏身之處，我們就可以施展法術捉住她了！」

湛然記住了老和尚的話。

這天晚上，女子要離開時，湛然誠懇地提出請求要送女子回家。女子說：「不必了。」湛然見女子態度堅決，只能作罷。

第二天，湛然將事情告訴老和尚，老和尚說：「下次她再來，你如同往常一樣對待她，然後偷偷拿一樣東西放在她身上作為標記。我們藏在屋外，等她要離開時，你拍打房門，我們聽到聲響就悄悄盯著她，一定會發現她的藏身之處！」

湛然覺得老和尚有理，一一答應。

第三天黃昏，湛然獨自躺在床上，那女子果然推門進來。天快亮時，聽到外面的雞叫聲，女子趕緊起身準備離開。湛然在她頭髮上偷偷插了一朵花，然後在分手時敲了三下房門。

老和尚領著眾僧人埋伏在外面，聽到敲門聲後看到那女子款步離開。僧人們趕緊敲響金剛鈴，念誦咒語，然後拿著法杖、法物追趕，一直追到方丈住房後面的一個小房間外，那女子突然消失不見了。

這個房間是寺廟裡的祖師圓寂坐化之處，每年只能在祭祀時開啟一次，其他時間都是貼上封條，禁止出入的。

僧人們知道那女子肯定躲到裡面去了，便打開房門，進去搜索。可是裡面根本沒有什麼人，只看到房間西北佛櫥後面微微閃著光。

僧人們走過去，看到一把竹帚上插著一朵花，正是湛然插的那朵。

大家把竹帚燒掉了，女子再也沒有出現，湛然的病不久後也好了。

70

婆女

【出處】明代徐應秋《玉芝堂談薈》〈卷十三・釜甑鬼〉

釜甑（古代炊具）鬼，名為婆女，凡是遇到釜甑鳴叫，喊它的名字婆女，就不會發生禍事。

71

鏡姬

【出處】清代長白浩歌子《螢窗異草二編》〈卷二．鏡中姬〉

清代時，淮上縣（今安徽蚌埠）有個叫俞遜的人在別人家當入贅女婿，妻子沈氏很是貌美，喜歡打扮，而且性格強勢，不允許俞遜納妾。

自從俞遜入贅後，夫妻二人情投意合，舉案齊眉，倒也甜蜜，鄰居們看到了都很羨慕。

沈家很有錢，家裡收藏著一面古銅鏡，據說是唐宋年間的物品。這面鏡子在俞遜妻子手裡，不輕易示人。俞遜聽說了想看看，就向妻子索取，幾次都被妻子拒絕了，他很不甘心。

有一天晚上，家中進了小偷，其他東西都沒丟失，唯獨少了那面鏡子。家人很奇怪，認為那小偷非同一般，肯定知道這玩意是個寶貝，所以特地來盜走。

過了一段時間，俞遜到集市上買東西，見一個賣鏡子的老頭拿著一面銅鏡，銅鏡看起來很古老，形制也很奇特，便上前問了價格。

老頭報了價格，俞遜覺得很便宜，便買下這面銅鏡，帶了回家。

妻子正在屋裡對著鏡子化妝，俞遜拿出剛買的古鏡，得意揚揚地對妻子說：「家裡先前的那東西，不過是塊廢銅，你還視若珍寶！你看這面鏡子，我剛剛在集市上買的，才花了一百文錢，多好！」

妻子拿過來一看，驚呼：「這正是家中丟失的那面鏡子呀！你從哪裡得來的？」

俞遜把事情說了一遍，妻子拿著鏡子照了照，忽然變得很害怕，大聲喊道：「你是何人？」

鏡子也發出聲音：「你是何人？」

過了一會兒，鏡子又說：「我是郎君的小妾！」

妻子嚇得把鏡子扔在地上，說：「嚇死我了！」

那鏡子也發出聲音：「嚇死我了！」

俞遜很吃驚，拿起鏡子，看見裡面站著一個女子，容貌絕代，妻子和她完全不能比。

俞遜就問對方的來歷，鏡姬說：「我是五代時朱全忠寵愛的小妾，後來死於亂軍之中，遇到仙師，用我的血鑄了這面鏡子，我的靈魂附於其中，已有幾百年了。聽說郎君你風雅無比，我願做你的小妾。」

俞遜問：「你不會害我吧？」

鏡姬說：「不敢為禍，我只想伺候你，也不會與正室爭寵。」

俞遜很高興，就問鏡姬會什麼，鏡姬說她的歌舞很好。

於是，俞遜就把鏡子立起來，夫妻二人一起聽鏡姬唱歌，果然是餘音繞梁。自此之後，夫妻二人就和那鏡姬一起生活。

過了一段時間，俞遜和沈氏都病了，而且十分嚴重。俞遜的岳父聽說後，拿來鏡子大罵鏡姬，並將鏡子鎖在鐵箱之中，又找來醫生為俞遜和沈氏醫治。過了半年，俞遜夫婦病才好。

後來，岳父死了，那鏡子也就不知所在了。

72

船靈

【出處】唐代段公路《北戶錄》〈卷二．雞骨卜〉

唐代時，船工會在開船前殺雞，用雞骨占卜，然後用雞肉祭祀船靈。還有人說，船靈名為馮耳，下船後三拜，叫它的名字三聲，能祛除災邪。也有人稱船靈為「孟公孟姥」或者「孟父孟母」，孟公名為板，孟姥名為履；孟父名為幘，孟母名為衣。

73

梳女

【出處】唐代戴孚《廣異記》〈卷五・范俶〉

唐代，有個叫范俶的人，廣德年間在蘇州開酒館。

一天晚上，有個長得十分美麗的女子從門前經過。范俶很喜歡她，就讓那個女子住下來，女子剛開始不肯，後來就答應了。

范俶點亮蠟燭，見女子用頭髮蓋住臉，背對著他坐著。

天還沒亮，女子就要離開，起身時，說自己丟了梳子，怎麼找也找不到，又急又氣，臨別之時，在范俶手臂上狠狠咬了一口。

天亮之後，范俶在床前發現了一把紙做的梳子，心裡很驚慌。

不久，范俶身體疼痛紅腫，過六七天就死了。

74

亡人衣

【出處】南北朝劉義慶《幽明錄》〈卷六〉
清代李慶辰《醉茶志怪》〈卷二．衣怪〉
清代紀昀《閱微草堂筆記》〈卷六．灤陽消夏錄六〉

衣服是人的貼身之物。古代傳說人死之後，尤其是有怨念的人，靈魂就會附在衣服上作祟。如果是自己的衣服，人將死時，因為陽氣衰竭，衣服也會作祟。

張華是西晉時期著名的政治家、文學家，是張良的十六世孫、唐朝宰相張九齡的十四世祖，後來趙王司馬倫發動政變，把他殺害了。

張華被處死前，颳了一陣大風，吹走了他衣架上的衣服，其中有六七件像人一樣直立地靠在牆壁上。

清代有個叫張衣濤的人，即將要嫁女兒。家人把女兒的嫁衣放在床上，嫁衣忽然自己坐起來，如同裡面有人穿著一般。女兒嚇得跑走，衣服跟在後面窮追不捨。人們聽到動靜趕過來，衣服才突然倒地。女兒沒出嫁就死掉了。

也是在清代，有個叫郭式如的人，在北京的市場上買了一件絲綢的袍子，放在凳子上，那衣服突然如同人一樣坐了起來。郭式如檢查那件衣服，發現領子上有血痕，有可能是曾經被處死刑的人穿過的衣服，就將其丟棄了。

清代有個叫傅齋的人，在集市上買了一件慘綠色的袍子。有一天，傅齋鎖門出去，回來的時候發現鑰匙不見了，以為丟在床上，就站在窗邊往裡看，結果看到這件袍子竟然直直地站立在屋中，如同有人穿著一般。傅齋嚇得大叫起來，急忙叫來僕人。大家商量，覺得還是將其燒掉為好。

有個叫劉嘯谷的人正好在傅齋家裡。他說：「這肯定是亡人衣。人死掉了，魂附在衣服上。鬼是陰氣凝結所成，見到陽光就會散去，放在陽光下曝曬就好。」

於是，傅齋讓人把這件袍子放在太陽底下反覆曬了幾天，再放在屋子裡，讓人偷偷查看，發現衣服沒有直立起來，也再沒發生什麼怪異之事。

怪物篇

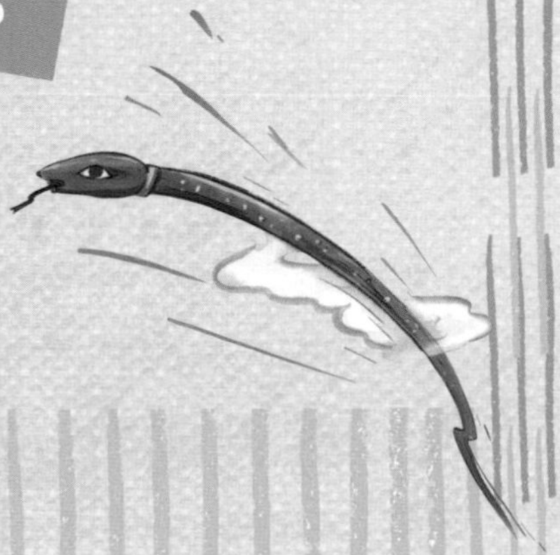

物之異常為「怪」，對於人來說，不熟悉、平常生活中幾乎沒見過的反常事物，即所謂「非常則怪」。

75

蚌夜叉

【出處】清代袁枚《子不語》〈卷十八．方蚌〉

清代，有個人在福建的一處出海口附近砍柴，來到一座山上，看見山澗裡到處是蚌，大的有一丈寬，小的也有幾尺寬，層層疊疊，密密麻麻，數不勝數。

這個人覺得很奇怪，正要走，忽然看見一個蚌張開了殼，裡面躺著一個夜叉一般的藍臉人。看到樵夫，夜叉想起身捉住樵夫，不料無法脫身，大概是因為它的身體長在蚌殼上，所以不能脫殼而出吧！

過了一會兒，所有蚌都張開了殼，裡面都有這樣的夜叉一般的藍臉人。

樵夫倉皇逃竄，聽到身後傳來劈里啪啦的聲音，回頭一看，那些蚌都跟了過來。他跑到海邊，正好遇到一艘船，趕緊喊救命。船上的人聽到了，提著大斧頭來幫忙，救了樵夫。他們抓住了一個大蚌，敲碎殼，裡面的藍臉人也死掉了。帶回來給別人看，沒人知道這玩意兒是怎麼回事。

76

廁怪

【出處】晉代陶潛《續搜神記》〈卷七‧壁中一物〉
唐代牛肅《紀聞》〈卷七〉

古代人認為廁所是陰暗污穢之地，而且往往位於家裡偏僻的地方，所以經常會出現很多妖怪，其中一種叫作廁怪。

南北朝時，襄城（今河南襄城）有個叫李頤的人，他父親向來不信妖魔鬼怪之說，所以就以便宜的價格買了一所凶宅。

有一天，李父去上廁所，看到裡面有個怪物，如同竹席那麼大，高五尺多。

李父拔出刀砍了過去，怪物被劈成兩半，上半部掉下來，變成了兩個，再橫砍一刀，又變成了四個。這時，怪物奪過李父的刀，將李父殺死了，然後拿著刀闖入李頤家裡，殺死了很多人。

唐代，楚丘（今河南商丘、山東菏澤一帶）的主簿王無有新娶了個妻子。妻子雖然漂亮但喜歡吃醋，嫉妒心很強。

一次，王無有病了，要去廁所，卻渾身無力，想讓侍女扶他去，妻子不答應。王無有只能一個人去廁所。他看見裡面有個東西背對自己坐著，皮膚很黑，而且長得很健壯。

王無有以為是家裡的僕人，就沒有在意。過了一會兒，他正在方便時，這個東西轉過頭，只見它眼睛深凹，鼻子巨大，虎口鳥爪，面目猙獰。

怪物對王無有說：「把你的鞋給我。」

王無有很害怕，還沒來得及回答，那怪物就直接拿下了他的一隻鞋，放在嘴裡嚼，像吃肉那樣，鞋被嚼得冒出了血。

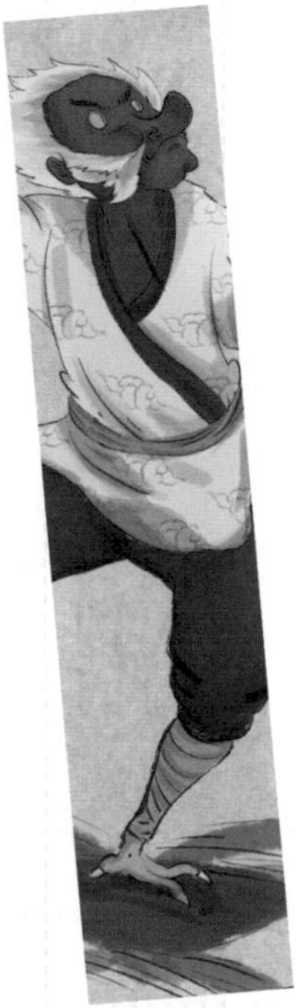

王無有驚魂未定，趕緊回去告訴妻子，並責怪她說：「我拖著病體到廁所，僅僅想讓侍女扶一下我，你就堅決阻攔。這下果真遇到妖怪了！」妻子還不信，就拉著他一起去看。到廁所時，妖怪又出現了，奪了王無有的另一隻鞋，丟進嘴裡嚼。

王無有的妻子也嚇壞了，趕緊拉著丈夫跑了回來。

過了一天，王無有到後院，那怪物又出現了，對王無有說：「來來來，我把鞋還給你。」說完，就把鞋扔在王無有旁邊，奇怪的是，鞋並沒有損壞。

王無有請來巫師，想搞清楚這到底是怎麼回事。

巫師做了法，和怪物溝通，怪物對巫師說：「王主簿官祿到頭了，還有一百來天活頭，不趕緊回老家，就會死在這裡。」

於是王無有趕緊回了老家，到一百天的時候，果然死了。

77

蠱

【出處】晉代干寶《搜神記》〈卷十二．滎陽蛇蠱〉
晉代荀氏《靈鬼志》
清代袁枚《子不語》〈卷十四．蠱〉、〈卷十九．蛤蟆蠱〉

蠱是一種用特殊方法經長年累月精心餵養而成的毒蟲，傳說可大可小。蠱術近乎一種巫術，而蠱也一向被認為是一種妖怪。

晉代時，河南滎陽有個姓廖的人家，代代以養蠱為生，並以此致富。後來廖家娶進一個新媳婦，事先沒告訴她家中養有蠱蟲。

這天，家裡人都外出了，留新媳婦看家。她見屋裡有口大缸，打開一看，裡面有條大蛇，就跑去燒了一鍋開水，倒進缸裡把大蛇燙死了。等家裡人回來，新媳婦說了這事，全家又吃驚又惋惜。

沒過多久，全家人就染了瘟疫，幾乎都病死了。

當時剡縣（今浙江嵊州）也有一家人專門養蠱，凡是到他家去的客人，吃了他家的飯，喝了他家的水，就會吐血而死。

有一個法名叫曇遊的和尚，持戒很嚴，恪守清規。聽說這件事後，曇遊和尚即到這家去看。主人給他端來食物，他就念起咒來。不一會兒，即見一對長一尺多的蜈蚣從飯碗中爬出來，和尚這才把飯吃了，而且什麼事也沒有。

據說，清代時，雲南幾乎家家養蠱，蠱排泄出來的東西是金銀，因此養蠱的人收穫頗豐。每晚放蠱出去，蠱蟲飛舞時，火光如電。如果人聚在一起大聲叫喊，可以讓蠱墜落。那些蠱有的是蛤蟆，有的是蛇，有各種各樣。

據說，蠱喜歡吃小孩，所以很多人家會把小孩藏好，擔心被蠱吃了。養蠱的人家裡會專門為蠱建造密室，讓婦女去餵養。蠱如果見到家裡的男人，就會死掉。傳說吃掉男人的蠱會拉出金子，吃掉女人的蠱會拉出銀子。

也是在清代，有個叫朱依仁的書生，因為擅長書法，被廣西慶遠知府陳希芳招為幕僚。

有一年盛夏，陳希芳召集大家一起喝酒。入席後，大家紛紛摘掉帽子。這時，有人看見朱依仁的腦袋上蹲了一隻大蛤蟆，把它打落，它掉在地上就消失不見了。

喝到半夜，蛤蟆又出現在朱依仁腦袋上，朱依仁卻一點兒都沒覺察到。旁邊有人又將它打落，它吃掉了酒席上的佳餚，再次消失了。

朱依仁回去睡覺後，覺得腦袋上發癢，第二日，頭頂上的頭髮全部脫落，長出一個紅色的大瘤，忽然皮開肉綻，一隻蛤蟆從裡面伸出頭來，瞪著眼睛。蛤蟆前面兩隻爪子趴在朱依仁腦袋上，從身體到腳都在頭皮內，用針刺都刺不死。旁人嘗試把它拽出來，卻讓朱依仁痛不欲生，連醫生都束手無策。

有個看門的老人見多識廣，說：「這是蠱，用金簪刺它，它就會死。」

朱依仁照著老人的話去做，果然奏效，這才從頭皮裡取出了蛤蟆。

這件事情發生後，朱依仁平安無礙，就是頂骨下陷，凹陷的地方像個酒盅。

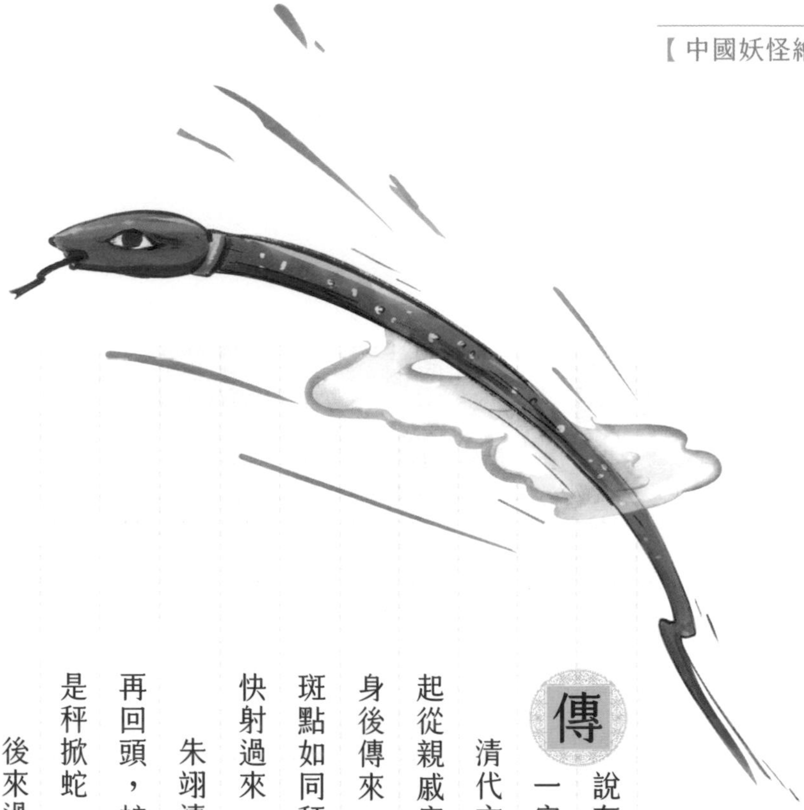

78

秤掀蛇

【出處】清代朱翊清《埋憂集》〈卷四・秤掀蛇〉

傳

說有一種蛇叫秤掀蛇，人如果被它叫了名字，一定會死掉。

清代文學家朱翊清十六歲的時候，有天和弟弟一起從親戚家探病回來。走到大悲橋的時候，忽然聽到身後傳來一聲巨響，回過頭去看到一條蛇，它全身的斑點如同秤桿上的星點一般，離地四五尺，昂著頭飛快射過來，行動如風。

朱翊清和弟弟嚇得魂飛魄散，狂奔到一處荒墳，再回頭，蛇不見了。回到家中，詢問母親，母親說那是秤掀蛇。

後來過了不久，弟弟就生病夭亡了，才十二歲。

79

耳中人

【出處】清代蒲松齡《聊齋志異》〈卷一．耳中人〉

譚晉玄是縣裡的秀才，特別信奉道術，無論天氣寒冷還是酷熱，都修煉不止。修煉了好幾個月後，感覺自己似乎有了點收穫。

一天，他正在打坐的時候，突然聽到耳朵裡面有人說話，那個聲音就像蒼蠅嗡嗡聲一樣細微：「可以看了。」

譚晉玄趕緊睜眼，結果就聽不到了，再閉上眼又能聽到，和剛才一樣。他以為是腹中的內丹就要修煉成了，心中暗暗高興。

從此之後，每次打坐都能聽到那個聲音。因此，他決定再聽到的時候，一定要搞清楚到底是怎麼回事。

一天，耳朵裡面的東西又說話了，他就輕輕地回答說：「可以看了。」

一會兒工夫，就感覺耳朵裡面癢癢的，像有東西要鑽出來。他稍微斜著眼睛看了一下，是一個三寸高的小人，容貌猙獰，就像夜叉鬼一樣，頃刻之後就轉移到地上去了。

他心中暗暗吃驚，屏氣凝神觀察那個東西的動靜。

這時，鄰居來借東西，一邊敲門一邊叫他的名字。小人聽到後，樣子很慌張，繞著屋子瞎轉，就像老鼠找不到洞一樣。

譚晉玄被嚇得魂飛魄散，也不知道小人到什麼地方去了。從此，他得了瘋病，叫喊不停，請醫吃藥休養了半年，身體才漸漸康復。

80

東昌山怪

【出處】南北朝劉義慶《幽明錄》〈卷一〉

東昌縣（今江西吉安）有座山，山裡有種精怪，長得像人，高四五尺，全身赤裸，披頭散髮，頭髮長五六寸，住在高山岩石之間，聲音暗啞，無法說出人話，卻經常相互呼叫，隱沒於幽昧之中。

有個樵夫在山中伐木，夜裡看見這種精怪拿著石頭襲擊溪流中的蝦和螃蟹，再跑到火堆旁邊，烤熟蝦蟹餵養幼崽。

樵夫突然出現，那幫精怪一哄而散，留下幼崽，叫聲如同人哭一般。過了一會兒，那幫精怪蜂擁前來，用石頭砸樵夫，奪走幼崽，消失了。

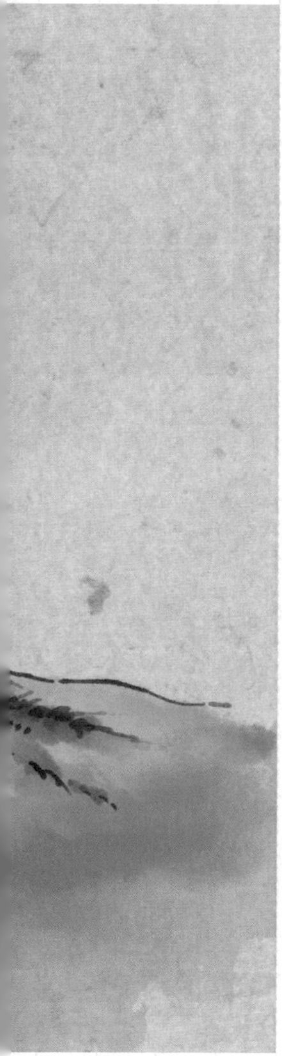

81

風生獸

【出處】漢代東方朔《海內十洲記》
漢代楊孚《異物志》
晉代葛洪《抱朴子．內篇》〈卷十一．仙藥〉
唐代段成式《酉陽雜俎．前集》〈卷十五．諾皋記下〉等

風生獸，也叫風狸。

南海有個炎洲，幅員兩千里，距離大陸九萬里。洲上有一種怪獸叫風生獸，長得如同豹子，青色，大如狸貓。如果用網抓住它，放火燒，即便柴火燒完了，它也不會死，站在灰燼裡面，連毛都不焦；用針刺，也刺不進去。但如果用鐵錘砸它的腦袋，砸十下，它就死了。不過，只要它張嘴對著風，很快就能活過來。

要想徹底弄死它，只有一個辦法，就是用石頭上長的菖蒲塞住它的鼻子。

取它的腦子和菊花一起吞服，連續吃十年，可以活五百歲。

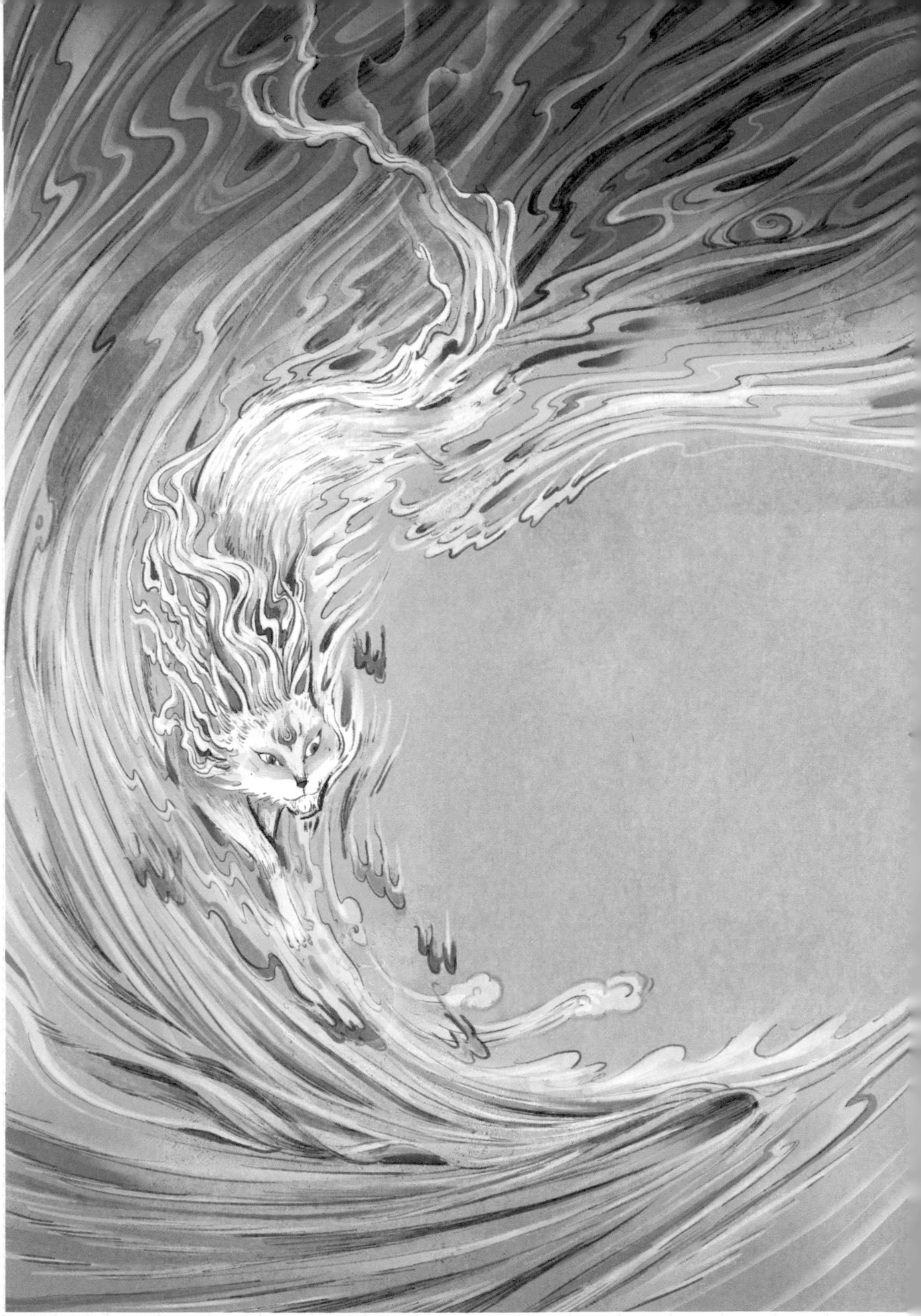

82

乖龍

【出處】宋代黃休復《茅亭客話》〈卷五．避雷〉
明代王象晉《二如亭群芳譜》

乖龍是一種行雨的龍，因為覺得行雨太辛苦，就會藏到人的身體裡或者古木、梁柱裡面，不過經常會被雷神捉拿。

如果在野外沒有地方藏，乖龍就會鑽進牛角裡或者牧童身體裡。因為受到乖龍的連累，很多人會被雷神失誤擊殺。

傳說，上天責罰乖龍時，一定會割掉它的耳朵。乖龍的耳朵掉在地上，會變成李子。如果有婦人吃了這種李子，就會懷孕，生下小龍。

83

虹怪

【出處】南北朝劉敬叔《異苑》〈卷一〉
唐代張讀《宣室志》〈卷九．虹蜺天使〉
五代徐鉉《稽神錄》〈卷四．潤州氣〉
宋代李昉等《太平廣記》〈卷三百九十六．虹．陳濟妻〉（引《神異錄》）等

東晉義熙初年，晉陵（今江蘇常州）有個叫薛願的人，有一次一道彩虹伸到他家的缸裡飲水，發出一陣吸水的聲音，隨即就把水吸乾了。薛願又拿來酒倒進裡面，結果也是邊倒邊被吸乾。彩虹喝飽了水，還吐出黃金裝滿了缸。於是薛願變成了富豪。

南朝宋時，長沙王劉道鄰的兒子劉義慶在廣陵生了病，臥床休息，正在喝粥時，忽有一道白虹進入屋內，吃光了他的粥。劉義慶把碗扔在地上，發出「當」的一聲響，虹怪被驚嚇到了，發出風雨之聲，消失不見了。

唐代時，韋皋在四川出任節度使。有一天，他在西亭宴請客人，忽然下起了暴雨，不一會兒，有彩虹當空而下，一頭落在酒桌上，將上面的酒

菜吃得乾乾淨淨。虹怪的腦袋像驢，顏色五彩斑斕。

韋皋很害怕，趕緊結束了宴會。

少尹豆盧署對他說：「虹蜺這種東西出現在不正直的人面前，會有壞事發生；如果出現在公正的人面前，那就會有好事來了。我提前向你祝賀。」

過了一段時間，朝廷傳來消息，韋皋當上中書令，升職了。

宋代時，潤州（今河北秦皇島）出現了一道彩虹，五彩奪目。虹怪的前頭像一頭驢，幾十丈長。它環繞著官府的廳堂而行，繞了三圈之後才消失。

占卜的人說：「這廳中將要出現哭聲，但不是州府的災禍。」

過了不久，太后死了，在這座廳堂中發了喪。

廬陵巴丘（今湖南岳陽）有個人叫陳濟，是州裡的小吏。

陳濟的妻子秦氏在家時，有個男人追求她，他長得高大端正，著絳碧袍，衫色炫麗。秦氏和這個男人經常在一個山澗中相會。過了一年多，村裡人看他們所到的地方，總是有彩虹出現。

有一次，秦氏來到水邊，那男人拿出一個金瓶取水給秦氏喝，秦氏就有了身孕。不久之後，秦氏生下了一個嬰孩，這嬰孩和尋常的嬰孩一樣，就是長得挺胖。

後來，陳濟從州裡回家，秦氏怕他看見孩子，就把孩子藏在室內盆中。和秦氏私通的那個男人說：「這孩子太小，不能跟我一起走，得養大一些才好。」說完，男子給孩子穿上衣服，將其裝進一個大紅色的口袋中。

秦氏偷偷給孩子餵奶，餵奶時，總是會起風雨，鄰人還看見有彩虹從天上垂落到她家院子裡。

過了一段時間，孩子已經長大，那男人便把孩子帶走了。有人看見有兩條彩虹從秦氏家裡出來。數年以後，孩子還回了一次家，探望秦氏。

再後來，有一次秦氏到田地裡去，見兩條彩虹在山澗之中，很是奇怪，害怕不已。不一會兒，看見那男人出現了，說：「你別怕，是我。」從此以後，那男人就再也沒有出現。

還有古代傳說，曾經有對夫妻，饑荒之年只能採摘野菜充饑，後來還是餓死了，變成青色的虹蜺，俗稱「美人虹」。

84

井泉童子

【出處】清代俞樾《右台仙館筆記》〈卷九〉
清代袁枚《子不語》〈卷十七．井泉童子〉

清代，蘇州有個孝廉叫繆渙。他的兒子喜官十二歲，十分頑皮，有一次和一幫小孩對著井口撒尿，當天晚上就生了病，大喊大叫，說自己被井泉童子抓去，被城隍打了二十大板。

天亮後家裡人查看，發現他的屁股又青又紫，剛好一點兒，過了三天又變嚴重了，喜官大叫：「井泉童子嫌城隍罰得太輕，到司路神那裡告狀，司路神說：『這小孩竟然敢朝大家喝水的井裡撒尿，罪過嚴重，應該取了他性命！』」當天晚上，喜官就死了。

也是在清代，在杭州紫陽山，有個婦女林氏早晨起來到井邊打水，忽然覺得水桶十分沉重，提不上來，低頭一看，發現井裡面有個紅色身體的小孩，高兩尺多，雙手抓著繩子，想要順著繩子爬上來。

林氏大驚，跑回來告訴家人。家人去看，並沒有發現小孩。

林氏隨即生了病，躺在床上起不來，小孩在她身體裡喃喃自語：「我是井泉童子，你剛才為什麼要偷看我？」

自此之後，家中出了很多怪事，東西經常被這小孩毀壞。

林氏有個鄰居姓秦，是個書生，聽聞這件事，對林氏的丈夫說：「太過分了，我給你寫個狀子去向關二爺告狀！你買好香燭，拿狀子去吳山關帝廟前燒了。」林氏的丈夫照書生的話去辦了。

過了幾天，林氏忽然下床，跪倒在地，說：「關二爺要殺我，趕緊去求秦書生給關二爺寫封信求情，只要如此，我立刻離開林氏的身體。」

林氏的丈夫和秦書生商量，秦書生說：「既然稱自己是井泉童子，卻毫無緣故就幹壞事，理應受罰！」

過了不久，林氏的病就好了。書生為此特地寫了一篇文章，答謝關二爺。

85

蛟

【出處】晉代陶潛《續搜神記》〈卷七．蛟子〉
晉代王嘉《拾遺記》〈卷六〉
五代孫光憲《北夢瑣言》〈逸文卷四．伐蛟〉
宋代李昉等《太平廣記》〈卷四百二十五．龍八．漢武白蛟〉
清代樂鈞《耳食錄二編》〈卷三．蛟〉

蛟是水中之怪，古人認為蛟屬龍種，經常隨大水出沒。

長沙有戶人家住在江邊。有天家裡的一個女子到江邊洗衣服，忽然覺得身子裡有異樣的感覺，後來就懷了孕，生下三個東西，都像鯀魚。即便如此，因為是自己生的，她還是特別憐愛它們，把它們放到澡盆裡養著。

過了三個月，三個東西長大了，原來是蛟的孩子。女子給它們取了名字，老大叫「當洪」，老二叫「破阻」，老三叫「撲岸」。不久，天降暴雨，三個蛟子順水而走，不知所往。

後來，每到天降大雨的時候，三個蛟子就會回來看望母親。每次下大雨之前，女子也知道蛟子會回來探望自己，便提早站在水邊看，三個蛟子也會在水中抬起頭看母親，戀戀不捨，很久才離去。

過了幾年，女子死了。埋葬的時候，人們聽到三個蛟子在墓地裡放聲哭泣，哭聲如同狗嗥，很是傷心，哭了一整天才離去。

傳說，漢武帝經常在九月的時候坐一艘小船在淋池上遊玩，通宵達旦。

有一次，他在季台之下，用香金做成釣魚的鉤，拴上釣絲，用船上帶來的鯉魚為餌，釣上來一條三丈長的白蛟。白蛟像大蛇，但是沒有鱗甲。漢武帝把白蛟交給廚師，製成了佳餚。

根據記載，那條白蛟的肉是紫青色的，又香又脆，鮮美無比。

江夏（今湖北武漢）有個人叫陸社兒，平常在江邊種稻。有一天夜裡歸來，路遇一個女子。那女子很有幾分姿色，她對陸社兒說：「我昨天從縣裡來，今天要回浦裡，想在你家借住一宿。」她說話時神色憂傷，令人心生憐憫，所以陸社兒就把她帶回了家。

半夜，暴風急雨襲來，電閃雷鳴。那個女子十分害怕，瑟瑟發抖，忽然驚雷大震，有什麼東西打開了陸社兒的寢室門。

趁著電光，陸社兒看見一隻毛茸茸的大手將那女子捉拿而去。陸社兒被嚇得倒地昏死過去，好長時間才醒過來。

等到天明，有渡江來的鄉民說，村北九里的地方，有一條大蛟龍掉了腦袋，身體有一百多丈長，血流滿地，看來死前十分痛苦，被它盤繞的莊稼地有好幾畝。它死了之後，成千上萬的鳥雀前來啄食。

清代，乾隆四十八年二月，江西金溪北郊的大山崩塌，乃是蛟龍所為。那天下起了大雨和大冰雹，狂風雷霆交加，山下的村莊幾乎盡成廢墟，不少村民被淹死了。有一年，這個地方出現過九條蛟龍，人們在它們出現的地方，發現了九個巨大的蛟穴。

有一年夏天，雨水特別多，水都快要沒過陳坊橋橋面了。有個老頭扛著鋤頭從橋上走，看到兩條黃色巨蛟，一前一後在水中游走。老農趕緊用鋤頭猛力擊打，打死了其中一條，撈起來放在了橋上。

周圍的人聽說了，都來圍觀，看見從上游又漂來一團大如蘆席的浪沫，離橋數丈遠，徘徊不前。這種東西相傳是蛟在水中行動時用來遮掩自己行蹤的，於是大家都嚇得跑開了。浪沫奔湧而下，如同山崩，掀起的巨浪有一丈多高，但並沒有將橋梁沖毀，也沒有傷到村民。像這一類的蛟，是不會製造災害的。

據當地的老人說，許多年前，主管水利工程的官員會選拔屠蛟勇士，教他們殺蛟的方法，因為年月久遠，這種方法已經失傳了。不過偵查、發現蛟的方法，現在還有：在下大雪的時候，從高處向四面的山觀望，沒有積雪的地方，其下就是蛟的巢穴。

《太平廣記》中記載，月令裡說「季秋伐蛟取鼉，以明蛟可伐而龍不可觸也。」意思就是九月殺蛟捕鱷，以說明蛟可以殺伐而龍不可觸動。

蛟這種東西，不知道真實的它是什麼樣子的。有的人說蛟沒有鱗、鬣和四條腿，有的人說虯、�、蛟、蝹的樣子其實和蛇差不多。南方有和尚說，蛟的樣子像螞蟥，就是水蛭，一身涎沫又腥又黏，會用尾巴纏住人吸血。四川人說它的頭像貓和老鼠，上面有一個白點兒。聽說，漢州（今四川廣漢）古城潭內有一條蛟經常害人，鄉里便招募勇士除掉它。那人身上塗了藥，潛到潭底，把蛟逼到沙灘上。鄉民跑上前去相助，齊心協力將這條蛟打死了。

86

菌人

【出處】戰國《山海經》〈卷十五．大荒南經〉
唐代段公路《北戶錄》〈卷一．蛺蝶枝〉
清代朱翊清《埋憂集》〈卷八．樹中人〉

在大荒當中有座山叫蓋猶山，山上長有甘樝樹，枝條和莖幹都是紅色的，葉子是黃色的，花朵是白色的，果實是黑色的。這座山的東端還長有甘華樹，枝條和莖幹都是紅色的，葉子是黃色的。山上有一種十分矮小的人，名叫菌人。傳說菌人數量稀少，早上出生，傍晚就死了。他們生活的地方有銀山，銀山上有樹，樹上能結出小人，日出就能行走了。

傳說大食國西臨大海，大海的西岸有一塊大石，石頭上長了一棵樹，樹幹是紅色的，葉子是青色的。這棵大樹也能結出小人，高六七寸，看到人就笑，若是從樹上把它摘下來，小人就死了。

清代康熙年間，順德有個村民到德慶山裡砍柴，忽然聽到頭頂上有小孩啼哭。

村民昂起頭，看見大樹上有一縷縷的氣息冒出，鳥從上面飛過去，碰到這股氣息，立刻墜下。

他爬上去查看，發現樹幹裡面有小人，長得如同凝脂，問它不答話，摸它就笑。

村民的一個同伴說：「這恐怕不是什麼壞東西。」

兩個人將小人蒸著吃了，吃完之後，覺得身體極為燥熱，就到溪中洗澡，結果皮肉潰爛而死。

87

雷公

【出處】唐代戴孚《廣異記》〈卷七．雷公〉
清代袁枚《子不語》〈卷二．雷公被紿〉

古人認為，雷霆威力巨大，其中隱藏著妖怪，稱之為雷公，後來將其升格為神靈。此處的雷公，便是取妖怪之說。

唐代開元末年，在雷州發生了雷公與鯨格鬥的事。鯨躍出水面，雷公則有好幾十個，在空中上下翻騰。有的施放雷火，有的邊罵邊打，戰鬥經過七天才結束。在海邊的居民前去觀看，不知誰取得了勝利，只看到海水都變成了紅色。

唐代時，代州（今山西忻州代縣）西面十多里處有棵大槐樹，被雷所擊，中間裂開好幾丈長的缺口，雷公被夾於其間，疼得它吼出陣陣雷聲。

當時狄仁傑任都督，帶著賓客和隨從前去觀看。快要到達那地方時，眾人都紛紛驚退，沒有敢向前走的。

狄仁傑獨自騎馬前行，靠近大樹後，問雷公是怎麼回事，雷公回答說：「樹裡有條孽龍，上司讓我把它趕走。但我擊下雷的位置不佳，自己被樹夾住了，如果能夠將我救出，我一定會重重報答你的恩德。」

狄仁傑讓木匠把樹鋸開，雷公才得以解脫。從此之後，凡有吉凶禍福之事，雷公都會預先告知狄仁傑。

也是在唐代，信州（今江西上饒）有個人叫葉遷韶。他小時候上山砍柴，在大樹下避雨，那棵樹被雷劈中，雷公也被樹夾住，飛不起來。葉遷韶取來石頭，支開樹杈，雷公才飛走。

走之前，雷公對他說：「明天你再來這裡。」

第二天，葉遷韶來到樹下，雷公也到了，給了葉遷韶一卷寫滿篆字的書，告訴他：「你按照上面寫的修煉，就能夠呼風喚雨，而且能夠給鄉親們治病。我有兄弟五人，若是打雷下雨，你叫雷大、雷二、雷三、雷四，都會答應。不過雷五脾氣暴躁，沒有大事，不要叫他。」

從此之後，葉遷韶修習那卷書，果然能夠呼風喚雨，十分靈驗。

有一天，葉遷韶在吉州（今江西吉安）喝醉了，闖下禍，太守把他抓住，要懲罰他。葉遷韶在院子裡大聲喊雷五的名字，讓他來幫忙。

當時，吉州正鬧旱災，好幾個月沒有下雨。葉遷韶喊了雷五之後，忽然天降霹靂，風雷大作。太守見了，趕緊出來賠不是，並請葉遷韶幫忙求雨。葉遷韶呼喚雷五，當天晚上天降甘霖，緩解了旱情。

有一次，葉遷韶路過滑州（今河南滑縣）時，當地下了很長時間的雨，導致黃河氾濫，官員和民眾為了對付洪水，夙夜難眠，疲憊不堪，都十分苦惱。葉遷韶見了，不忍心，便拿來一根二尺長的鐵杆，立在河邊，在上面貼了一個符咒。結果，洪水來到鐵杆跟前，便轉向了，也不敢超出那符咒半分。

葉遷韶有如此能耐，都是拜雷公所賜。

明代末年，到處都在鬧土匪。在南豐（今江西撫州南豐縣）這個地方，土匪魚肉鄉里，百姓深以為苦。

有個姓趙的人，出身當地的豪族，十分勇敢，帶領鄉親們抵擋土匪，後擊潰土匪，並且上報官府。

土匪大動干戈卻沒有搶到東西，十分痛恨趙某。但是趙某這個人勇猛非凡，土匪不敢找他單打獨鬥，所以每到打雷的時候，土匪就擺好祭案，供上豬蹄，禱告說：「把那個姓趙的給劈死吧！」

有一天，趙某在花園裡施肥，看到有個全身長毛的尖嘴妖怪從天而降，轟隆一聲巨響，散發出濃烈的硫黃味。

趙某知道這妖怪是雷公，打聽一番，得知自己被土匪詛咒，便拿起手裡的尿壺砸向雷公，罵道：「雷公！雷公！我活了五十多歲，從來沒見過你去劈老虎，光見你劈百姓家的耕牛！你是典型的欺軟怕硬，怎能這樣？你要是說得清楚，就算是劈死我，我也不冤枉！」

雷公被趙某說得慚愧無比，雖然憤怒，但也無可奈何；又因為被尿壺砸中，無法飛回天上，就掉到田裡面，鬼哭狼嚎了三天三夜。

那幫土匪聽說了這件事，都說：「哎呀呀，是我們連累了雷公。」

土匪趕緊為雷公超渡，它才飛走。

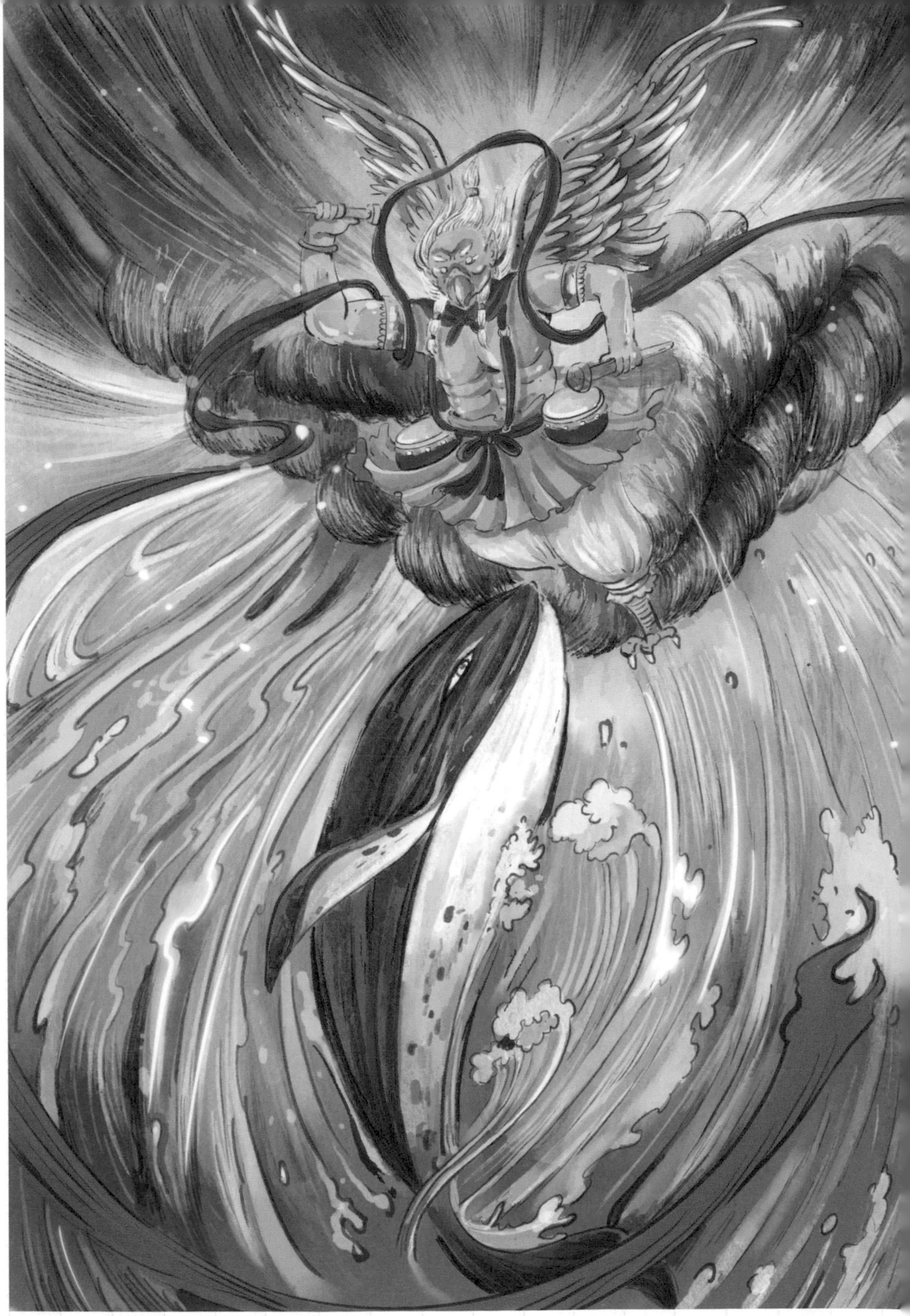

88

甪端

【出處】南北朝沈約《宋書》〈卷二十九志．第十九．符瑞下〉
元代陶宗儀《南村輟耕錄》〈卷五．甪端〉
清代王士禎《隴蜀餘聞》

甪（讀音「路」）端是傳說中的一種怪獸，角在鼻上，出自瓦屋山，不傷人，以虎豹為食，能夠日行一萬八千里，通曉各種語言，知道各種事情。

元太祖率兵至印度的時候，見到了一隻高幾十丈、長著個如同犀牛角一樣的角的巨獸，它對元太祖說：「這裡不是你的地盤，還請速速離開。」

元太祖的臣下都很惶恐，只有耶律楚材知道這隻怪獸的底細，稟告元太祖說：「這隻怪獸名為甪端，乃是鹿星之精，如果明君在位，就會奉書而來，能日行一萬八千里，靈異如鬼神，不可侵犯。」

元太祖聽了，趕緊撤軍。

元代至正年間，江浙鄉試的時候，八月二十二日的夜晚，貢院裡有一物疾馳而過，長角，所以當年的考試就以「甪端」為試題。

89

馬皮婆

【出處】宋代郭彖《睽車志》〈卷四．馬皮婆〉

傳說，峽江的江水裡有一種怪物，腦袋長得像狻猊卻沒有腳，脖子以下又扁又寬，如同一匹白布，流出的黏涎彷彿膠水一般，尤其喜歡吃馬。當地人稱之為馬皮婆。

如果它發現有人在江裡給馬洗澡，就會趁人不注意，用尾巴纏住馬，拽入水中。

如果把馬拴在岸上，這東西同樣會甩出尾巴纏住馬，因為它的黏液黏性強，馬一旦黏上這種黏液就無法動彈了，這時候此物就會把馬抓住，然後把馬殺掉。

90

獏獨

【出處】漢代東方朔《神異經》〈西荒經．獏㺜〉

傳說在西荒之中，有一種名為獏獨的妖怪，身形和人一模一樣，穿著破舊的衣裳，匍匐於昏暗之中、隱蔽之處。它長著一雙老虎的爪子，舌頭伸出來盤在地上能有一丈多長。

獏獨是一種吃人的妖怪，會耐心地等待行人，從中尋找形單影隻的下手，吃掉行人的腦子。在動手之前，它會發出巨大的聲響。

對付這種妖怪是有方法的。行走在暗夜中的孤獨旅人，聽到身後傳出巨大聲響並看到獏獨時，可以想辦法將燒得炙熱的石頭放到它的舌頭上，這樣獏獨就會氣絕而死。

91

木客

【出處】宋代李昉等《太平廣記》〈卷三百二十四．鬼九．山都〉（引《南康記》）

木客是傳說中山裡的妖怪，它們的形貌和說話聲與人很相似，只是四肢的爪子像鉤子。木客在懸崖峻嶺上住，也能砍下木柴，用繩索綁在樹上，家就安在樹頂。

有人想買它們的木柴，就會把要給木客的物品放在樹下。如果木客覺得滿意，就把木柴給人。它們從不多拿，也不會侵犯人，但始終不跟人見面，也不到街上和人做交易。

木客死後裝進棺木埋葬，曾有人看見過木客的殯葬儀式，也是用酒、魚和生肉招待賓客。它們葬棺的墳常常選在高岸的樹枝上，或者把棺木放在石洞裡。

南康當地人說，曾親眼見過木客的葬禮，聽它們在葬禮上唱歌，雖然不同於人類，但聽起來像風吹過樹林的聲音，好像是唱歌和音樂演奏融合在一起了。

92

南海大魚

【出處】唐代戴孚《廣異記》〈卷十．南海大魚〉
宋代洪邁《夷堅志．夷堅甲志》〈卷七．海大魚〉

唐代嶺南節度使何履光是朱崖（今海南海口）人，住的地方靠近大海。據何履光說，他遇過一件十分奇特的事：海中有兩座山，相距六七百里，晴朗的早晨遠遠地望去，兩座山上一片青翠，好像就在眼前。唐玄宗開元末年，海上出現了大雷雨，雨中有泥，樣子像吹出的泡沫，天地晦暗，持續了七天。

有個從山邊來的人說，有條大魚順著水流進入海中兩座大山之間，被夾住了，不得進退，時間一長，魚鰓掛在一座山崖上，七天以後，山崖裂了，魚才得以離開。雷聲就是魚的叫聲，雨泥是魚口中吹出的水沫，天地晦暗是魚吐出的水汽造成的。

宋代，漳州漳浦海邊有個敦照鹽場。鹽場中有個叫陳敏的人，曾經

從漁民手裡買過一條魚，長兩丈多，重幾千斤，剖開它的肚子，裡面有個人，應該是剛剛被吞下的。紹興十八年，有一條大魚進入海港，潮落之後擱淺在岸邊，人們以長梯登上它的背，其背部就有一丈多寬。

那一年正鬧饑荒，周圍百姓爭相前來割魚肉，割走了幾百擔，大魚一直一動不動。第二天，大家割魚眼的時候，大魚才覺得疼，拚命掙扎，周圍的船全部被它打翻了，所幸沒有人員傷亡。老百姓一連割了十幾天，才把它的肉割完。這些肉，救了不少人性命，後來還有人用它的脊骨做米臼。

93

皮臉怪

【出處】清代袁枚《子不語》〈卷一．趙大將軍刺皮臉怪〉

清代有個大將軍叫趙良棟，平定吳三桂等三藩後，路過四川成都，當地官員為了迎接他，挑選一處豪華的百姓住宅供其休息。可趙良棟不願意打擾百姓，想住在城西的衙門裡。

當地官員說：「萬萬不可，據我所知那個衙門已經關門上鎖一百多年，傳說裡面有妖怪，屬下不敢讓您住進去呀。」

趙良棟說：「我一生殺人無數，即便有妖怪，恐怕也會怕我。」

於是，他派人打掃那衙門，搬了進去，自己住進正房，用長戟這種兵器當枕頭。

半夜時，趙良棟聽到床帳外傳來聲響，只見一個穿著白色衣服、身材巨大、挺著大肚子的怪物走了過來。趙良棟爬起來，厲聲訓斥，那怪物後退數步，這時趙良棟才看清楚它的形貌：齜牙咧嘴，生有四隻眼睛。

趙良棟抓起長戟刺向它，那怪物急忙躲在梁柱後面，再刺，怪物竄入夾道裡，消失不見了。趙良棟轉身回房，覺得身後有東西跟著，一回頭，發現那怪物笑著跟在自己後面。

趙良棟十分生氣，罵道：「世上哪有這麼不要臉的東西！」

手下的家丁聽到聲響，紛紛拿著兵器前來幫忙。那怪物跑進一個空房裡，屋內頓時飛沙走石。隨後又來到中堂，昂首挺立，家丁嚇得沒人敢上前。

趙良棟大怒，上前一戟刺中怪物肚子，哪知怪物的身體和臉都不見了，只有兩隻閃閃發光的眼睛留在牆壁上，大如銅盤。家丁拿起刀砍，那兩隻眼睛化為滿屋的火星，最後也消失了。

第二天，滿城的人聽說這件事，都為之驚訝。

94

太歲

【出處】唐代戴孚《廣異記》〈卷五．晁良貞〉
金代元好問《續夷堅志》〈卷一．土禁二〉

中國人有句俗語，叫「太歲頭上動土」，比喻那些不知輕重、膽大妄為的人。太歲的厲害，可見一斑。

唐代時，名臣晁良貞以善於判案而知名。他性情剛烈勇猛，不怕鬼。

有一年，他家建屋子的時候，從地下挖到一塊肉，很大。晁良貞知道它是太歲，乃不祥之物，就打了它幾百鞭子，然後把它丟在大路上。

那天夜裡，晁良貞派人去偷聽。三更之後，有很多乘車騎馬的人來到路上，笑著問：「太歲兄一向厲害，為什麼今天受到這樣的屈辱？你難道不想報仇嗎？」

太歲說：「沒辦法呀！晁良貞這傢伙很狠，而且正春風得意，我拿他也沒辦法呀。」

天亮的時候，那塊肉就不見了。

也是在唐代，上元年間，有一家姓李的，挖地挖出來一塊肉，大家都說是太歲。

民間傳說，得到太歲，打它幾百鞭子，就能免除禍患。李氏打了它九十多鞭子，太歲忽然騰空而起，不知跑哪兒去了。自那以後，李氏家裡七十二口人，差不多都死光了，只剩一個小兒子，因為藏了起來，才僥倖留了一命。

寧州（今甘肅寧夏）有一個人，也挖到了太歲，大小像寫字的方板，樣子像赤菌，長著幾千隻眼睛。他不認識這玩意兒，就帶到大路上，向路過的人詢問。一個胡僧聽說了，吃驚地對他說：「那是太歲，應該趕快埋起來！」那人急忙把太歲送回原處，可一年之後，這家人幾乎死光了。

宋代時，懷州（今河南焦作、濟源所轄地域，州府在今河南沁陽）有個人帶著僕人挖地，挖到了一個大肉塊，有三四升大，用刀割，跟羊肉一樣。僕人說：「土中肉塊，那是太歲，挖出來會招來災禍的！」這人說：「我不知道什麼狗屁太歲！」又繼續挖，挖到了兩塊。不到半年，這人就家破人亡，連家裡的牛馬都死光了。

許州（今河南許昌）有個人叫何信叔，曾經中過進士。崇慶年間，何信叔的父親過世，按照慣例，他丁憂在家。奇怪的是，家裡庭院的地面經常在晚上放出光芒。

何信叔說：「地底下肯定埋著寶貝！」便帶著家裡的僕人往下挖。結果挖了一丈多深，得到一個肉塊，有盆那麼大。家裡人都很害怕，趕緊讓他給埋了。

過了不久，何信叔得病身亡，妻子和家裡十幾口人也都相繼死了。有認識那肉塊的人說：「那是太歲，因為何家即將有禍事發生，才會放出光來。」

95

天狗

【出處】戰國《山海經》〈卷二．西山經．天狗〉
漢代辛氏《三秦記》
漢代班固《漢書》〈卷二十六．天文志〉
南北朝沈約《宋書》〈卷七十九列傳．第三十九．文五王〉
宋代曾公亮、丁度《武經總要後集》〈卷十七〉
明代郎瑛《七修類稿》〈卷四天地類．天狗星〉
明代王兆雲《白醉瑣言》〈卷上〉
明代謝肇淛《五雜俎》〈卷一．天部一〉
清代錢泳《履園叢話》〈叢話十六．精怪．天狗〉
清代東軒主人《述異記》等

天狗是中國知名的妖怪之一，又叫天犬，它的出現意味著天下將會有刀兵之災。

《山海經》記載，天狗住在陰山，形狀像野貓，卻是白腦袋，發出的叫聲與「榴榴」的發音相似，人飼養它可以辟凶邪之氣。

古代典籍中，天狗不僅是怪獸，還有另一種形象，那就是流星。《漢書》記載，天狗狀如大流星，長得如同狗，墜下來的時候，火光衝天，象徵兵事將全軍覆沒。

傳說天狗墜落的地方，會有伏屍流血。古代行軍打仗的時候，軍隊上

方有時會出現牛、馬形狀的黑氣，逐漸融入軍隊中，人們稱之為「天狗下食血」，如果出現這種情況，這支軍隊一定會敗散。

陝西有個地方叫白鹿原，周平王的時候，有白鹿出現在原上，故此得名。

原上有個堡，叫狗枷堡。秦襄公時，有一隻天狗來到堡裡，凡是有流賊過來，天狗就會吠叫保護堡裡民眾的安全。

元代至正六年，司天台向皇帝奏報：天狗墜地，從湖南、湖北開始一直到江浙一帶，山東、河南、河北也有，只有廣東、廣西沒有，聲稱將血食人間五千天。當時，雲南玉案山忽然生出無數的紅色小狗，群吠於野。有精通占卜之術的人說，天狗墜地，恐怕天下將大亂。

明代國子監祭酒、文淵閣大學士宋訥的墓在蘇州沙河口，清代乾隆年間，墳墓不遠處住著一個陸老太太。有一天晚上，老太太看到一個長得像狗一樣的怪物從空中跳下來，到河裡捕魚，一連幾個月都是這樣，不知道是怎麼回事。後來，守墓的人看到墓前華表上少了一隻天狗。過了幾天，天狗又回來了，這才知道是它在作怪。守墓人打碎了華表，以後就再也沒有生出怪事。

明代萬曆十六年九月中旬，天剛亮，西南方忽然有紅色、白色的氣息，形狀像龍又像狗，上頭觸天，下頭碰地。被這氣息掃到臉的人，當即一頭栽倒。過了很久，這氣息才消散。當時人們翻閱《天官書》，得知是天狗。第二年，赤旱千里，老百姓只能採下榆樹皮充饑，餓死了無數人，接著又鬧起疫病，死者不可計數，有的人家甚至絕戶了。

清代康熙年間，錢塘有個孫某，家裡養蠶。有一天，天沒亮，孫家門還沒開，鄰居採摘桑葉從他門前過，看到他家屋脊上蹲著一個怪物，長得像狗，能夠像人一樣站立，頭尖嘴長，上半身是紅色，下半身是青色，尾巴如同彗星，有幾尺長。

鄰居趕緊叫孫某，孫某一開門，那東西就飛入雲端，發出巨大的聲響，如同霹靂一樣，十里地內都能聽到聲響，然後向西南飛去，尾巴上火光迸濺，很久才熄滅。不久之後，吳三桂等三藩叛亂。

傳說天狗不僅吃月亮，還會吃小孩，所以婦女、兒童很怕它。

96

玄鹿

【出處】南北朝任昉《述異記》〈卷上〉
唐代張讀《宣室志》〈卷八．唐玄宗〉

傳說中千年鹿稱為蒼鹿，再過五百年為白鹿，再過五百年則會變成玄鹿。

陳漢成帝的時候，中山國有人曾經抓住過一隻玄鹿，煮了之後，發現它的骨頭都是黑色的。

《仙方》這本書裡寫過，把玄鹿的肉做成脯，吃了可以活兩千歲。餘干縣（今江西上饒西部）有白鹿，當地人說，那隻鹿已有一千歲了，晉成帝派人將之捕獲，發現白鹿的角後面有個銅牌，上面寫著「元鼎二年，臨江縣獻上蒼鹿一頭」。

唐代開元二十三年秋，唐玄宗在長安近郊打獵，來到咸陽郊原的時候，發現有一隻大鹿出現，十分雄健。唐玄宗命人開弓，一箭射中。

回宮之後，唐玄宗讓人將鹿做成食物。當時張果老來，唐玄宗把鹿肉賜給張果老，張果老拜謝了唐玄宗，對唐玄宗說：「陛下，你知道這鹿的來頭嗎？」

唐玄宗自然不知道。張果老說：「這隻鹿已有千歲了。」

唐玄宗不信，說：「不過是一隻鹿，怎麼可能有千歲呢？」

張果老說：「漢代元狩五年的秋天，我跟隨漢武帝在上林苑打獵，曾捕獲這隻鹿。當時漢武帝問我，我說這是仙鹿，有千年壽命，趕緊放了吧。漢武帝信奉神仙，就按照我的意思將這隻鹿放了。」

唐玄宗不信，說：「先生開玩笑的吧？漢武帝到現在，已經有八百年了，即便這鹿很長壽，可八百年中為什麼沒有人抓住它？」

張果老說：「當時，漢武帝在放這隻鹿的時候，命令東方朔刻了一個銅牌，繫在鹿的左角下，陛下若不信，可以派人去檢驗，這樣就能證明我話的真偽了。」

唐玄宗讓高力士去檢驗，並沒有發現銅牌。唐玄宗認為是張果老騙自己，說：「看來是先生記錯了，左角之下，根本沒有銅牌。」

張果老說：「那我去找一找吧。」說完，他起身，讓人拿來一把鉗子，從鹿角裡鉗出了銅牌。

這銅牌長二寸多，大概因為年代久遠，被毛皮遮蓋了，所以不容易找到。上面鏽跡斑斑，文字已經看不清楚了。

唐玄宗又問張果老：「漢代元狩五年是哪一年？發生了什麼事？先生能告訴我嗎？」

張果老說：「那一年乃是癸亥年，漢武帝命人開鑿昆明池，用來習練水軍。」

唐玄宗命人查閱漢代歷史，發現張果老說的一點兒沒錯。

這件事讓唐玄宗大為驚奇，對高力士說：「張果老果然是仙人呀！」

97

屏風窺

【出處】南北朝劉義慶《幽明錄》〈卷三〉

有個叫畢修的人，外祖母郭氏有一次夜晚獨自睡在屋裡，半夜醒來召喚外面服侍的婢女，但接連喊了幾聲，也不見婢女進來。

忽然，郭氏聽見了沉重的腳踏床板聲，接著看見屏風後出現一張大臉窺探自己。那張臉上有四隻眼睛，獠牙突出。眼睛如同銅盆，發出的光芒照得屋子如同白晝。怪物的手大得像簸箕，手指有好幾寸長。

郭氏一向修煉道術，這時心中專注地默念道經，那怪物就消失了。

不久，婢女進來說：「我剛才就想來服侍您，但感覺有個很重的東西壓著我，根本起不來。」

夜遊神

【出處】清代李慶辰《醉茶志怪》〈卷四．夜遊神〉

夜遊神並不是神，而是傳說中在野外遊蕩的莫名怪物。

清代，有個王某夜間外出，看見城牆陰影下有個如同包裹一樣的東西，走到跟前，發現是一隻巨大的靴子，有三尺多長，旁邊還有另一隻。抬起頭，發現有個幾丈高的巨人，蹺著二郎腿坐在屋簷上。

這時候，有個人提著燈籠走過來，到了巨人下面，巨人抬起腳，那人彷彿看不見一樣，就過去了。

王某也想跟著過去，發現巨人的腳擋到自己，僵持了一會兒，巨人才消失不見。王某回家後，過了幾天就死掉了。

也是在清代，河北有個人正月裡到朋友家賭錢，離開的時候已經三更了。當時月色微明，這人走到城北的浮橋附近，看到有個巨人坐在屋上，幾丈高，戴著紗帽，穿著大袍，很有氣勢。過了一會兒，那巨人就不見了，這人嚇得失神，不過回家之後，卻沒發生什麼不幸的事。

99

雲蟲

【出處】清代鈕琇《觚賸》〈卷五・豫觚・雲蟲〉

清代，中州（河南古稱）山嶺間，有種怪物長得如同蜥蜴，每當天快下雨的時候，就會從石縫裡鑽出來，密密麻麻。它們來到高處，昂起頭，張開嘴，呼出來的氣息如同珠子，有的青色，有的白色，能湧出幾丈高，還會逐漸變大，如同陶甕，很快就能變化成密雲。

山裡的人都將這種怪物稱為雲蟲。

100

山𪰶

【出處】漢代東方朔《神異經》〈西荒經．山𪰶〉
南北朝祖沖之《述異記》

據說，在大地的西方，深山中有一種妖怪，高一尺多，以捕捉蝦蟹為生。不怕人，喜歡靠近人的居所，晚上對著火烤蝦蟹，看到人不在，就偷盜人家的鹽。這種怪物叫山𪰶。

人們經常把竹子投入火中，火燒之後，會發出爆裂之聲，山𪰶很害怕這種聲音。但如果有人冒犯了山𪰶，它會讓人生出忽冷忽熱的病。

南朝宋元嘉年間，富陽（今浙江杭州富陽區）人王某在溪流裡下蟹籠捉螃蟹，天亮去看，發現有根長二尺多的木頭插在蟹籠中間，蟹籠已經裂開，螃蟹都跑出去了。王某把蟹籠修好，將木頭扔到岸上。

王某第二天又去看，發現情形和第一天一模一樣，就懷疑那根木頭是妖怪。於是，王某就將木頭繫在扁擔一端，挑著回家，一邊走一邊說：「回去

用斧頭劈開燒火。」

還沒到家，王某就覺得背後有動靜，轉頭一看，那木頭變成了一個怪物，人面猴身，一手一足，對王某說：「我喜歡吃螃蟹，昨天是我破壞了你的蟹籠，實在不好意思。希望你能饒恕我，把我放了，從今以後，我一定幫助你，把大螃蟹都趕到你的蟹籠裡。」

王某很生氣，說：「你幹了壞事，就應該為此付出代價。」

那怪物連連乞求，王某就是不答應。

怪物說：「你既然不放我，那能不能告訴我你的名字？」

屢屢相問，王某也不說。

到了家中，王某將怪物燒死，從此之後再也沒有怪事發生。後來有人告訴王某，那怪物就是山臊，如果一個人將自己的名字告訴它，它就會害死這個人。

參考文獻

《白澤圖》（敦煌殘卷，法國國家圖書館藏）

戰國《山海經》（中華書局，2011）

戰國《周禮》（中華書局，2014）

漢代班固《漢書》（中華書局，2007）

漢代東方朔《海內十洲記》（上海古籍出版社，1990）

漢代東方朔《神異經》（見程榮輯刻《漢魏叢書》，吉林大學出版社，1992）

漢代辛氏《三秦記》（三秦出版社，2000）

漢代楊孚《異物志》（中華書局，1985）

晉代干寶《搜神記》（中華書局，2012）

晉代葛洪《抱朴子》（中華書局，2011）

晉代郭璞《玄中記》（見魯迅校錄《古小說鉤沉》，齊魯書社，1997）

晉代陶潛《續搜神記》（上海古籍出版社，2012）

晉代王嘉《拾遺記》（中華書局，2019）

晉代荀氏《靈鬼志》（中華書局，1985）

晉代張華《博物志》（上海古籍出版社，2012）

晉代祖台之《志怪》（見魯迅校錄《古小說鉤沉》，齊魯書社，1997）

南北朝范曄《後漢書》（中華書局，2007）
南北朝劉敬叔《異苑》（中華書局，1996）
南北朝劉義慶《幽明錄》（文化藝術出版社，1988）
南北朝任昉《述異記》（中華書局，1991）
南北朝沈約《宋書》（中華書局，1974）
南北朝蕭子開《建安記》（見王謨《漢唐地理書鈔》，中華書局，1961）
南北朝吳均《續齊諧記》（上海古籍出版社，2012）
南北朝宗懍《荊楚歲時記》（山西人民出版社，1987）
南北朝祖沖之《述異記》（見魯迅校錄《古小說鉤沉》，齊魯書社，1997）
唐代戴孚《廣異記》（中華書局，1992）
唐代丁用晦《芝田錄》（見陶宗儀《說郛》，中國書店，1986）
唐代段成式《酉陽雜俎》（上海古籍出版社，2012）
唐代段公路《北戶錄》（中華書局，1985）
唐代馮贄《雲仙雜記校注》（西南師範大學出版社，1990）
唐代劉恂《嶺表錄異》（廣陵書社，2003）
唐代柳祥《瀟湘錄》（中華書局，1985）
唐代牛僧孺《玄怪錄》（中華書局，1982）

唐代牛肅《紀聞輯校》（中華書局，2018）
唐代釋道世《法苑珠林校注》（中華書局，2003）
唐代薛用弱《集異記》（中華書局，1980）
唐代余知古《渚宮舊事譯注》（湖北人民出版社，1999）
唐代張讀《宣室志》（上海古籍出版社，2012）
唐代張鷟《朝野僉載》（中華書局，1979）
唐代鄭常《洽聞記》（見陶宗儀《説郛》，中國書店，1986）
唐代鄭處誨《明皇雜錄》（中華書局，1994）
五代孫光憲《北夢瑣言》（中華書局，2002）
五代王仁裕《玉堂閒話》（見傅璇琮編《五代史書彙編》，杭州出版社，2004）
五代徐鉉《稽神錄》（中華書局，1996）
宋代《採蘭雜志》（見陶宗儀《説郛》，中國書店，1986）
宋代郭彖《睽車志》（上海古籍出版社，2012）
宋代洪邁《夷堅志》（中華書局，2006）
宋代黃休復《茅亭客話》（上海古籍出版社，2012）
宋代李昉等《太平廣記》（中華書局，1961）
宋代李昉等《太平御覽》（河北教育出版社，1994）

宋代魯應龍《閒窗括異志》（中華書局，1985）
宋代曾公亮等《武經總要》（商務印書館，2017）
宋代周密《齊東野語》（中華書局，1983）
宋代周去非《嶺外代答校注》（中華書局，1999）
金代元好問《續夷堅志》（中華書局，1986）
元代林坤《誠齋雜記》（見陶宗儀《説郛》，中國書店，1986）
元代陶宗儀《南村輟耕錄》（上海古籍出版社，2012）
明代陳繼儒《珍珠船》（中華書局，1985）
明代郎瑛《七修類稿》（上海書店出版社，2001）
明代李時珍《本草綱目》（人民衛生出版社，2005）
明代劉玉《巳瘧編》（明刻本）
明代莫是龍《筆麈》（商務印書館，1936）
明代王兆雲《白醉瑣言》（明刻本）
明代吳敬所《國色天香》（吉林文史出版社，2006）
明代謝肇淛《五雜俎》（中國書店，2019）
明代徐應秋《玉芝堂談薈》（上海古籍出版社，1993）
明代張岱《夜航船》（中華書局，2012）

清代長白浩歌子《螢窗異草》（人民文學出版社，2006）
清代褚人獲《堅瓠集》（上海古籍出版社，2012）
清代東軒主人《述異記》（上海書店，1994）
清代董含《三岡識略》（遼寧教育出版社，2000）
清代和邦額《夜譚隨錄》（重慶出版社，2005）
清代紀昀《閱微草堂筆記》（中華書局，2014）
清代解鑒《益智錄》（人民文學出版社，1999）
清代樂鈞《耳食錄》（齊魯書社，2004）
清代李慶辰《醉茶志怪》（齊魯書社，2004）
清代鈕琇《觚剩》（重慶出版社，1999）
清代蒲松齡《聊齋志異》（中華書局，1962）
清代錢泳《履園叢話》（中華書局，1979）
清代沈起鳳《諧鐸》（重慶出版社，2005）
清代王士禎《隴蜀餘聞》（齊魯書社，2007）
清代俞樾《右台仙館筆記》（上海古籍出版社，1986）
清代袁枚《子不語》（浙江古籍出版社，2017）
清代朱翊清《埋憂集》（重慶出版社，2005）

好讀出版｜一本就懂029

中國妖怪繪卷2

作者／張雲
繪者／喵九
總編輯／鄧茵茵
文字編輯／鄧茵茵、簡綺淇、鄧語葶
美術編輯／許志忠

發行所／好讀出版有限公司
台中市407西屯區工業30路1號
台中市407西屯區大有街13號（編輯部）
TEL：04-23157795　FAX：04-23144188
http://howdo.morningstar.com.tw
（如對本書編輯或內容有意見，請來電或上網告訴我們）
法律顧問／陳思成律師

讀者服務專線：(02)23672044 / (04)23595819 #212
讀者傳真專線：(02)23635741 / (04)23595493
讀者專用信箱：service@morningstar.com.tw
晨星網路書店：http://www.morningstar.com.tw
郵政劃撥：15060393（知己圖書股份有限公司）
如需詳細出版書目、訂書，歡迎洽詢

初版／西元二〇二四年七月一日
定價／四百五十元

ISBN 978-986-178-720-6

如有破損或裝訂錯誤，請寄回台中市407西屯區工業30路1號更換（好讀倉儲部收）

國家圖書館出版品預行編目資料

中國妖怪繪卷2／張雲著；喵九繪
—— 初版 —— 台中市：好讀出版有限公司，2024.07
面：　公分 ——（一本就懂；029）
ISBN　978-986-178-720-6（平裝）
857.63　　　　113005120

填寫線上讀者回函
請掃描 QRCODE

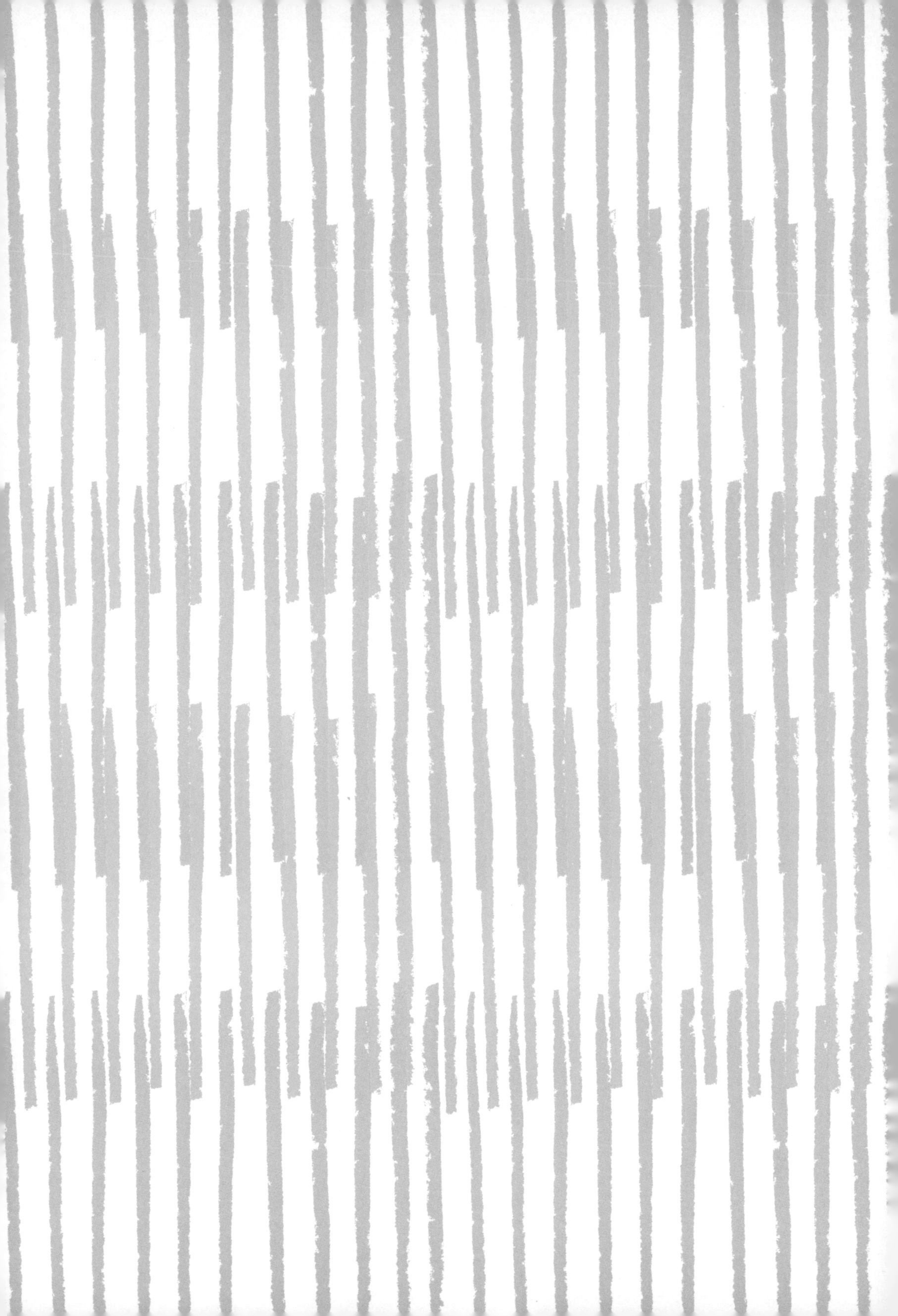

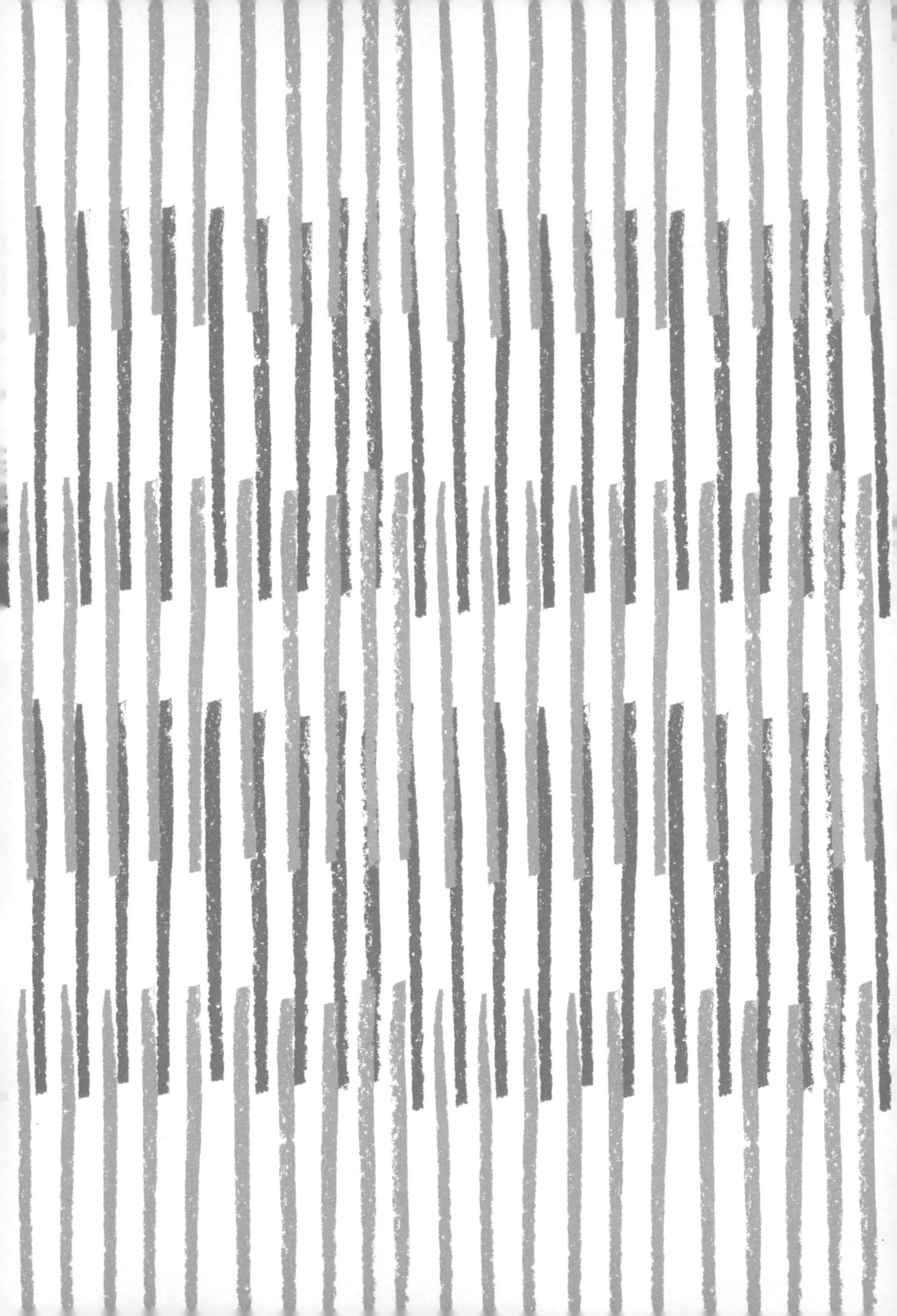